少女モモのながい逃亡

清水杜氏彦

双葉文庫

少女モモのながい逃亡

〈プロローグ〉１９３２年から１９３３年

1

灰色。あるいは灰と黄を混ぜた色。窓から見遣《みや》る外はそんな色彩をしていた。枯葉や折れた枝は地面を滑り、突き当たりの廃屋に引っかかって止まった。かろうじて自立している朽《く》ちた家屋の骨組みは食い散らかされた動物の死骸を思わせる。座ったまま肉を貪《むさぼ》られた象。

やがて砂埃の奥から少年たちが現れた。食糧徴発《ちようはつ》の作業班だ。この家に向かっている。モモは口の中を湿らせようとしたが、舌を動かしても唾はほとんど出なかった。

ゴンゴンゴン。ノックの音。扉を開けなければ彼らがそれを壊すことは知っていた。

モモは部屋の隅に座る弟に小声でいった。くれぐれも彼らに抵抗しないでね。だがその指示は実際には不要だった。オルセイはいまや立ち上がることすら難儀しており、飢えと病とが刻んだ皺《しわ》のせいで、十二歳にもかかわらず中年男のような顔をしていた。

扉を開けるや、青年同盟の少年らは屋内に傾《なだ》れ込んできた。彼らはたいした申し送りもなしに捜索をはじめた。その手には例によって先端に鉤《かぎ》の付いた長い棒が握られている。家人が隠しているであろう穀物の在処《ありか》を探るため、あらゆる隙間に突っ込むための鉄製の棒。もちろん、それは本来の用途以外にも使われる。たとえば、反抗的な農民を叩いたり突いたりすることに。

彼らは屋根板を壊し、床板を打ち割り、庭をほじくった。煉瓦積みの壁のうしろに空間がないことを確認するため、竈《かまど》の寸法を測ることもわすれなかった。たしかに、そこはかつては有効な隠し場所のひとつだったが、それももう過去の話。いまではほんとうになにもない。

彼らはその姉弟の唯一の食糧、パンのかけらを台所で見つけた。配給物資であり、横領した物ではないことは明白だった。にもかかわらず、少年のひとりはそれを頬張って家の中から消してしまった。

去り際、少年たちはモモを罵《ののし》り、床に痰や唾を吐いた。

2

家族を引き裂かれてから二年が経っていた。祖先たちが連綿と紡《つむ》いできた村の歴史は擦り切れ、農民たちはすっかりやつれた。かつてはふくよかだった婦女たちすら水を浴びせられた犬のように身を縮めた。集団農場での労働が苛酷であることに加え、配給される食糧がすくなすぎるせい。しかし人々が身を粉にして働いてなお、村に割り当てられた生産目標が達成される見込みはほとんどなかった。

農民が集団農場での作業中に倒れるのは珍しいことではなくなった。他の者がそれを介抱するのは許されなかった。監視する青年同盟員たちは農民が手を休めるためのあらゆる口実を取り上げる。ゆえに倒れた者は自分で起き上がるか、またはそこで横になっているかしかない。たいていはそのまま亡くなった。たとえ一命を取り留めても、作業を怠った科《とが》で打ち据えられて結局は死んだ。

収穫した穀物は国が取り上げていった。苛酷な労働の対価として農民たちに残るのはわずかな量のパンだけ。こんな状況では、集団農場の作物を横領しようと考える者が現れるのも当然だった。先週はある農夫が子を養うために畑からとうもろこしを盗んだ。彼は散々いたぶられたあと、こどもたちの前で銃殺された。また別の農夫は隠れて自営の農地で穀物を栽培していることを暴かれ、家族もろとも収容所行きをいい渡されていた。

窃盗未遂の科で罰せられた男の治療を手伝ったとき、モモは鞭《むち》打ちの生々しい痕《あと》をはじめて目にした。傷には乾いた血に混じって衣類がへばりつき、剝《は》がそうとすると男は泣き叫んだ。背から脇へと何匹もの蛇が巻きついているみたいだった。数日後、彼は信じられないほどの高熱を出し、治療の甲斐なくこの世を去った。

青年同盟による追い立ては悪質化する一方だった。彼らもまた、国に発破をかけられていた。集団農場での生産が当初目標に到達しない地は監督者もまた責任を問われ、食糧配給を農民と同水準にまで引き下げられてしまう。さればこそ、集団農場から食糧を掠《かす》め取る農民を見つけるため、自分たちがより多くにありつくために、彼らは家宅捜索をする。

一時期、農婦たちのあいだでは村を訪れる官吏を見つけては売春するのが流行《はや》った。モモは党員をしおらしく家に招き入れる女性の姿を目にするたび、こんなのはまちがっていると感じ、そしてかたく決意した。自分はなにがあっても性と引き換えに食糧を欲しなどしまい、と。だが日に日に痩《や》せ衰えていく弟を見ていたら、女性たちがそんな行動に走ったのも無理からぬことだったのだとわかってきた。肉親が目の前で衰弱していく。性や尊厳と引き換えにこれを救えるのなら、いったいなにをためらう必要があるだろう。とはいえ、売春がはびこっていたのは食糧難の度合いからすればまだましなころの話で、十四歳のモモが弟を助けるために身を売ろうとしたときには手遅れだった。村の女性は痩せ細りすぎ、官吏たちは肉欲の捌《は》け口をここに求めようとはしなくなっていた。

オルセイは一日中、屋内で腫《は》れた足を抱えたままじっとしていた。モモが話しかけて返ってくる言葉は、繰り返し庭で刈り取った草くらい短い。
ねえ、大丈夫？
うん。
立てる？
ううん。
ならなっててなさい。食べ物を手に入れてくるから。

3

夜が更《ふ》けたあと、モモは外に出て集団農場でともに働く農夫ふたりと落ち合った。家畜の死体を掘り起こす約束をした者たち。三人は周囲を警戒しつつ目的の場所に向かった。

農業集団化に伴い共同化された家畜は飼料不足ですでにその多くが斃死《へいし》していた。家畜の死体の多くはふつう青年同盟員がその肉にありつくが例外もある。たとえば鼻疽《びそ》病で死んだ馬などがそれだ。病を疑われた動物の死肉を喰らうことを彼らは厳に禁じていた。斃《たお》れた馬の肉を喰らうのはこわいことであったし、青年同盟の連中に見つかったら殺されるかもしれない。だが食わずにいても死ぬのだから危険を冒す価値はあった。

時間をかけて馬を掘り起こしたあと、器用なほうの農夫が硬くなった肉にナイフを刺して取り分けた。切るというよりは砕くとか削るという表現に近い音が立った。彼が作業している数十分のあいだ、モモはだれが現れるかもわからない暗闇をじっと見つめた。見つかったらどうなってしまうだろう。彼女は自身の背を削り取る鞭を、指に突き付けられる鑿《のみ》を想像した。皮膚を剝がれる拷問に遭うのはなにより避けたい事態のひとつだった。

家に帰ったあとには肉を焼き、量に注意しながら弟に与えた。空腹のどん底に落ちた人間が最初の食事で命を落とした例はいくつも聞いている。食事を進めるうち、オルセイの瞳には生気が戻ったが、それを見ても安堵することはできなかった。飢えは絶え間なくやってくる。この地にいる限り飢餓からは逃れられず、逃れるためにはこの地から逃れるしかない。

ねえ。村を離れない？

モモは弟にいった。

都市部に行くの。なにも食べるものがないここよりはましのはずよ。

とはいえ、逃亡がそう簡単に為《な》される見込みはなかった。農民たちを農村に閉じ込めるための政策たるパスポート制が普及したせいで、身分証を持たない者、集団農場の監視役の署名を得ていない者はどこにも行けない。捕まって元の農村へと送り返された逃亡農民たちがなぶり殺されるのを彼女は何度も見てきた。あんなものを目にしたら、あんなふうにはなりたくないとだれもが思うはずだ。

オルセイはしばらく考えたあとでうなずいたが、彼女にはその反応が彼なりの気遣いであるとわかった。父親と交わした約束が頭から離れず、判断を鈍らせているように見えた。

モモは肉に火を通しながら、いまが寒い時期でよかったと思った。夜に煙が上がっても不自然に思われない。保存にも適している。夏の暑さは隠した食糧をあっというまにだめにしてしまう。

東の空に陽が上ろうとしていた。まもなく農場へ出る時刻だった。彼女は腹を空かせていたが、それでも肉はすこししか食べずにおいた。満足が顔に浮かべば盗み食ったと悟られる。実際、その類《たぐい》の不注意のせいでいったい何人の農民が隠せたはずの罪を暴かれただろう。

作業帽を被《かぶ》り、黒い布をからだに纏《まと》った。

じゃあ行ってくる。

そして焼いた肉の残りが入った瓶を弟に託し、頭を撫《な》でて家を出た。

4

朝から晩まで奴隷のように働かされた。農奴であった祖先が受けた屈辱をいまふたたび味わわされていた。作業中、幾度となく意識が朦朧《もうろう》とした。雪の中で倒れると気持ちよく死ねるという話を聞いたことはあるが、自分にとっては土でも同じだ。いま、多少の眠りを獲得できるなら、その数十秒後に銃殺されることになったとしても後悔はすくないだろう。守るべきオルセイのいない生活であったなら、あるいはそういう衝動的な死を望みもしたかもしれない。

だがそれは、現実ではない。

自分は生き、姉と父がこの地に帰ってくるまで弟を守らねばならない。

遠くから名を呼ばれてモモは立ち上がる。おぼつかない足取りでこの日の監視役のほうへ向かう。農地が没収されるより前、家族で畑を耕していた時代には、柔らかい土の上を歩くのは降りたての雪の上を歩くのと変わらないくらい心地のよいことだった。解《ほぐ》れた土は足を下ろすたびにさくさく潰れ、踏み締めれば微かに弾力が宿った。だが農業が集団化されたあとの土地でそういうのを感じたことはない。だれも愛着を持って耕していないせいだ。土地は自分のものでなく、収穫物も所有できない。このような状況で、いったいだれが愛情を持って農作業に勤《いそ》しむことがあるだろう。もちろん、監視役たちは農民たちの巧妙な手抜きには気づかない。それもそのはず、彼らは農業については素人も同然で、威張るか殴るかしか能がない連中だから。

口裏を合わせたわけではないが、農民たちが農地をきちんと耕そうとしないのは最後の抵抗のはずだった。働いたところで得られる食糧が増える見込みはなく、まして未来への希望も絶たれつつある現在にあっては、そういう消極的挑戦に賭けるのも自然なことに思えた。自分たちの身をも滅ぼすだろうが、なにしろこの地には案ずべき未来さえ残されてはいないのだ。

青年同盟の監視は輪番制だったが、だれが番をしていても労働環境は変わらなかった。みな一様に横柄で乱暴で短気だった。この日、彼女を呼び立てた監視役は狐のように細い顔をした浅黒の少年で、肌には艶があり、当然ながら腕や足が腫れてもいない。快活さが攻撃的な色を帯びて瞳からあふれ出ていた。彼の前にはモモと同じく呼び出された農夫がふたり立っており、それを目にした直後、彼女の裡《うち》には恐怖と安堵とが同時に生まれた。呼び出されたのは昨晩掘り返した馬の件であったかもしれないというのに、あまりにひどい眠気のせいで、その可能性を考えずにいたことに気づいたからだ。それでもふたりの男が昨夜の者たちとは別人であると確認すると、とりあえずは胸を撫で下ろした。

監視役がモモとふたりの農夫に命じたのは、村にあふれた死体を回収して共同墓地へ運ぶ作業だった。毎日だれかしらが死んでいた。どこもかしこも腐臭があった。監視役は三人に荷車を与えたが馬を使うことは許さなかった。「こんなことで消耗させるには貴重すぎる」と彼は、三人の農民にはいまや馬以下の価値しかないことを確認させるみたいに、いった。実際、そのとおりということもありえた。ずいぶん数を減らしたとはいえ、農民はまだたくさんいる。だが馬は残り数頭だけだ。

「瀕死の者も死体と一緒に運ぶようにしろ」監視役は注文を付け加えた。「どうせ近い将来に死ぬ。運搬の手間を省くためだ」

「……まだ生きている者も……死体とともに運ぶのですか」農夫のひとりがいった。

「置いておいてどうなる。回復するわけはない。ありふれた最期を迎えるだけだ。腹が膨らんで、動けなくなって、地べたを這いずり、祈りを捧げるみたいな格好で死ぬ。わかりきったことじゃないか」

「……自分には……生きている者を死人のように扱うことはできません」

「これは命令だ。おまえの個人的な信念はどうでもいい」

三人が返事をせずにいると、いちばん監視役の近くにいた農夫が殴られた。

「反抗的な態度をとるな。おまえも荷車に積まれたいか」

監視役は三人の農民を信用しなかった。彼は青年同盟の下っ端の少年、それはモモの弟よりもさらに若い、あるいは若く見えるのは彼がオルセイのように飢えていないからかもしれない、を呼び出し、銃を持たせて同行させた。下っ端の少年は農民たちが命令を反故《ほご》にしたら銃殺する許可を与えられていた。

荷車を動かす三人のうしろを、少年はきびきびした足取りでついてきた。彼の瞳には、自分のしていることが国の発展に資すると確信しているかのような輝きがあった。撃つ必要が生じればためらいなく撃つ、その意志ははっきり読み取れた。

一行は死体と死体になりつつある者とを荷車に積み、共同墓地との間を何往復もした。撃たれるのを覚悟で瀕死の者を見逃すことはできなかった。監視役のいったことが事実であったからだ。数日のうちに彼らは死ぬ、それは変わらない。最期の場所が慣れ親しんだ場所か墓地かだけの差。そういう者を救うために自分の命を投げ出すようなことを三人のだれもしたくはなかったし、また互いにおかしなきまぐれを起こしてほしくないとも思っているはずだった。ひとりが死ねば残されたふたりの労働が苛酷になる。三人は感傷を捨て、合理と効率に徹した。

しかし、非情でいられない場面もやってきた。

三人は村の南端の道に、倒れた女性と、その傍《かたわ》らで眠る女児を見つけた。モモの隣で荷車を押していた農夫は叫びながら駆けていった。

「……イリーナ！」

「……イリーナ、おい、イリーナ！」

女性は事切れていたが、女児には微《かす》かに息があった。その腹は大きく膨れ、手足はモモが摑んでいる荷車の把手《とって》くらい細い。

農夫は瀕死の女児を抱え、家屋の中へ運ぼうとした。だが見張りとしてついてきた少年はそれを許さず銃を構えた。「それは我々の命令とちがう」

「親類なんだ！」と彼はいった。「いますぐなにか食わせれば助かるかもしれない！」

「助かってどうなる。その者が食えば他の者が食うぶんが減るだけだ」

「見捨てられない……まだ生きてるんだ……見逃してくれ」

「そうなってしまっては死体と変わらない。積め。それが命令であったはずだ」

「死体じゃない、まだ鼓動もある」

「まもなく死体になるさ」

それで、農夫はとうとう怒りを爆発させた。

「おまえになにがわかる！」

彼は作業帽を毟《むし》り取ると、少年に投げつけた。

「だれが生きるべきでだれが死ぬべきか、どうしておまえにわかる！　何様のつもりだ！」

だが続いて響いたのは怒号でなく銃声だった。女児の胸から血が噴き出していた。

「ほら、死体になった」と少年はいった。

農夫はしばらくその女児を懐に抱いたまま涙を流した。

銃口は彼にも向いた。少年は農夫に、死体を手放し、立ち上がり、作業に戻るよう警告した。

だが農夫は女児を離さなかったし、立ち上がらなかったし、作業に戻らなかった。

次の銃弾は発せられた。

モモともうひとりの農夫はふたりで三人分の死体を積んだ。全員が軽かった。

残りの時間、彼女は多くを考えないようにした。こんなにも狂った場所で生き延びるためには、深く感じ入る機会を減らすしかない。

5

帰宅後にはさらに気を滅入らせるような現実が待っていた。殴られ、目の下に痣《あざ》を作った弟がうなだれていたのだ。彼の両手は円を象《かたど》っていたが、そこにあるはずの肉を詰めた瓶はなくなっていた。説明を聞く前から、その暴力と略奪とが青年同盟の連中によって為《な》された所業でないことはわかった。食事を、ましてや肉を、隠し持っているのを見つかってなお殺されていないというのは、つまりはそういうこと。

弟にこのような仕打ちをした人間への怒りがふつふつと湧いたが、食糧を奪われた科を彼に感じてほしくはなかったので、努めて平静を装い、訊ねた。

きょうはいったい、なにがあったの。

オルセイが語ったところによれば、通りをみっつ挟んだ向こうに住んでいる四十代の男、もちろん村の人間であるから互いに見知った顔ではあるが名前は知らない、あるいは以前には知っていたかもしれないがもうわすれてしまった、がとつぜん家にやってきたという。その男は飼い犬を探していた。彼は勝手に扉を押し開け、弟になんら許可を得ることなく家の中を探った。もちろん彼の犬がここで見つかるはずはない。しかしオルセイが肉を持っていることに気づくと、おれの犬を喰いやがったな、といい放ったらしい。彼が実際にそう信じていたとは思わない。だれだっていろんな理由に託《かこつ》けては他者から物資を奪っていく。いまや村民のあいだでさえ略奪が横行しているのが実情だ。弟は抗《あらが》ったが、男が殴るのをやめないので、最後には瓶を手放すしかなかった。

モモはオルセイの頬にこびりついた鼻血を拭《ぬぐ》った。かわいそうに、と彼女はいった。

あまりの疲労と眠気からすぐにでも寝床に倒れたかったが、それを押して弟を殴った男の家へと出向いた。村の夜は静まりかえっていた。どの家の屋根も門も柵も、塗材がそのまま不幸に代わって染み入ったかのような陰気さで佇んでいた。それもそのはず、自分の家とは名ばかりで実際にそれを所有する個人はいない。ただ一時的に住むことを禁止されてはいないだけ。

夜空の星は、密やかな地上で発せられずに死んだ言葉たちがちりばめられてでもいるみたいに、瞬きで語りかけてきた。あの中のひとつに母親もいるだろうか。薄靄《うすもや》立つ地上から空を望んで歩いていると、遠い昔に失われた古い世界の一部を覗き見ている気分になった。

ゴンゴンゴン。ノックするや、男は早々に扉を開けた。青年同盟の躾《しつけ》の賜物だ。戸口に立っていたのが農民の少女だとわかると、男は怒りを露わにした。「こんな時間に訪問してくるとはどういうつもりだ!」

彼の怒りには付き合わなかった。モモは淡々と弟を殴ったことについての謝罪を求め、奪った瓶を返すよういった。

「馬鹿か、おまえらがおれの犬を奪って殺したのはわかってるんだ、おまえらが謝れ」

「私たち、あなたの犬なんか知らない」

「黙れ、薄汚いこそ泥め。とっとと消え失せろ」男はモモの顔を叩き、胸を突いて地面に倒した。「二度とここに来るな。さっさとあの痩せっぽちの待つ家へと帰れ」

彼女は男の家を後にした。出向いただけむだになったが、口論はもっとむだだとわかっていた。そもそも彼はほんとうに犬など飼っていただろうか。

家に着くと、オルセイが掠れた声でどうだったかと訊いてきた。モモは首を振った。どうもしないよ。だが彼女の頰に傷があるのを見たことで、姉もまたあの男に殴られたのだと弟は知ったようだった。彼はうろたえた。かすかに開いた口から言葉を絞り出そうとしているのがわかった。

あなたのせいじゃない。モモは先にいった。あのくずみたいな男のせいよ。

彼女は身に纏っていた黒い布を外して横になり、弟と手を握り合って眠った。

6

姉弟は日々空腹をごまかしつつ、ときに不正に食糧を入手してはそれを喰らって、なんとか生を繋ぎとめた。いまや村の多くの人々が、生き残るため、見つかったら死ぬかもしれない危険を冒して集団農場の作物に手を出さないわけにはいかなかった。作業中、または夜。農民たちは衣服の中に穀物を少量隠して家へと持ち帰り、見つかる可能性が低いところに保存しようとした。深く掘った穴や井戸の内側などがその主な隠し場所となった。

小麦を刈り取ったとしても地元の国営製粉所に持っていくことはできなかったので、農民たちは手製の石臼で脱穀し、粉を作った。中には小麦の一部を国営製粉所の職員に賄賂《わいろ》として渡そうと考えた者もいたようだが、それは愚かな試みであったといわざるをえない。国の施設に勤める職員が食糧に困っているわけはなかった。困っているのは目標未達の地の農民たち、そしてその管理を任される青年同盟員たちだけ。

かねてより噂されていたとおりなのだ。

飢饉は、国から食糧が消えたことで生じているのではない。

飢饉は、生産目標を達成しなかったこの地への罰にすぎない。

7

その日を生き延びることだけを目標に、回転する車輪のように歳月を過ごしてきたモモからは、すでに現在が何時《いつ》かを確認する習慣は失われていた。そもそも家の中にあった暦はすでに燃やしたか食べたかしており、知ろうにも知りようがなかった。彼女は肌が捉える寒暖の変化を手掛かりに月日の流れを推し量った。

例年の凍える冷たさが訪れたころ、モモは自分がいつのまにかひとつ歳をとったことを知った。十五歳。誕生日は秋だったが、秋のあいだは秋であることをあまり考えなかった。厳しい冬が訪れる前の猶予としての期間は、手から桶へと細く注《そそ》がれる水のようにひっそりとしていて、彼女は、もしかしたらこのまま、苦しい日々が足音静かにこの地を通り過ぎていってくれるかもしれないと淡い期待を抱きもした。

だがそうはならなかった。最後には桶ごとひっくり返って、この地にそんな季節があったという記憶を含め、なにもかもを過去へと押し流してしまった。

一九三三年の冬。それは彼女が経験したどの季節よりつらいものになった。

集団農場から盗める物がなくなると、いよいよ農民は飢えた。

人々はなんでも口にした。馬の餌を食べ、虫を食べ、これまでは食べることのなかった動物を食べた。骨は茹で、細かく砕いた。草は、根も含めて、すべてを食べ尽くしてしまった。

家にいるあいだ、モモとオルセイはストーブの前で寄り添って暖をとった。彼はストーブに近づきすぎて火傷した。腫れた手足にいくつも水ぶくれができた。ふたりは翳《かざ》した手の向こうの火がいつか飢えを癒《いや》してくれることを祈ったが、どんなにきつく手を組み合わせても状況がよくなる兆《きざ》しは現れなかった。いまや眠りすらも遠い。からっぽの胃がきりきり痛むせいで、長く寝続けることができない。

朝。モモは布を纏い、村はずれに打ち捨てられたあばら家へと向かう。壁や床を壊し、ストーブの燃料にするための木材を入手するために。

昼の農作業、そして朝夜の密やかな収集活動を繰り返すうち、彼女の手のひらは、使いこまれた鍛冶屋の手袋のように、破れてぼろぼろになっていた。ときおり自分の手を見つめると、こんなにも不格好だったかと不思議に思えた。感覚は鈍く、小回りが利かず、真に自分のものという感じもしなかった。それが握る道具と同じく、身体から切り離された物体のひとつにすぎない、そんな感覚。雨や雪の日は最悪で、冷たさによって、触れた物から受け取るべき刺激が完全に消えた。そんなとき彼女は、血流をよくしようと、腿や腰に手をばんばんと叩きつけた。

変わってしまったのは手のかたちだけではなかった。共同地の草を隠れて刈っていた時分、水たまりに映った自分の顔を目にして、ひどく傷ついたことを覚えている。家にある鏡はすべて持ち去られたか割られたかしていたので、容姿を確認したのは久しぶりだった。頬が削《そ》げ落ち、髪は薄くなっていた。かつて村で有数の美貌を誇った少女の面影はどこにもなくなっていた。

8

春は冬の傷をいたるところに残していた。ただ、感傷の中にはほろ苦い小さな勝利を感じることもできた。なにしろ、もっともつらく厳しい季節を乗り越えることに成功したのだ。とはいえ、その余韻を味わえたのはごく短い期間だけで、目に見えて日が高くなるころには、肯定的な感情は西から吹く風が立てる砂埃の中へと消えてしまった。

オルセイは限界を迎えつつあった。

彼はほとんど話さなくなり、動かなくなり、排尿を制御できなくなった。

村の周囲の動植物はなにもかもが喰らい尽くされていた。食糧らしい食糧が手に入らなくなったあとも、モモは弟が口にできるものを確保しようとあらゆるものを家に運んだ。

だれかが放り出していった衣類。その辺に落ちていた靴。ぺらぺらの板。

拾った服や家にあった布は細かく切り刻んで茹でた。靴底はこなごなに砕いて呑み込んだ。このころの村人は、茹でれば、あるいは砕いたりすり潰したりすれば、たいていのものは食べられると信じるしかなかった。家にある布類まで細切れにしてしまえば次の冬に寒さを凌《しの》げなくなる可能性があったが、もはや次の冬なんてものが自分たちに訪れるとは考えられなかった。

雪が溶けはじめたころ。

オルセイは静かに死んだ。

彼はいつもの壁に寄りかかって目を閉じていたが、ある曇りの日、とうとう目を開かなくなった。

弟が生きていたころ、モモは冗談半分、本気半分で、もし私が死んだらその肉や骨を喰らうのよ、と彼にいっていた。だいじょうぶよ。死んでいるから痛くないし。それに共同墓地に捨てられたり、ほかのだれかに食べられたりするよりはずっとまし。そうでしょ?

オルセイは、わかった、といった。でもさ、死ぬのはぼくのほうがはやいと思うな。

そんなことというんじゃない、と彼女はいった。生きるの。生きて、お父さんやアンナがここに戻ってくるのを待つのよ。

じゃあお姉ちゃんもぼくを食べなきゃ。それが生きるために必要なことなら。

わかった。じゃあ先に死んだほうを残ったほうが喰らう。それが約束ね。

ああ、約束だ。

しかしモモには彼を食べようだなんて思えなかった。あまりにもかなしくて一晩中泣いた。抱えたからだは、あばら家から家に運んだ燃料用の木切れの束と同じくらい軽い。モモは弟の死の奥に現実を見た。受け入れるのを頑《かたく》なに拒み続けてきた世界を眼前に突きつけられた気がしていた。父や姉もまた、どこかの見知らぬ地において、弟のように朽ちているにちがいない。

彼女は腕の中で弟が硬く、冷たくなっていくのを感じ取った。寒くてかわいそうだから、彼女は弟をいつまでも離さずにおいた。夜を越すために自分が纏うべき布を彼に巻き、天然の冷却に抗ってあたたかさを保存しようとした。熱だけが彼をこの世に引き留めうると信じているみたいに。だが彼が失った温度を取り戻すことはなかった。

彼女は動かなくなった弟の脇の下に腕を通し、かつてしたことのないほどにきつく抱きしめた。自分の体温と鼓動とが冷たい皮膚を貫いて彼に届くことを願って。そんなふうに無意味なあがきを続けていると、かえって失ってしまったものの大きさをありありと感じて、うなじに近づけた口から悲鳴の混じった嗚咽《おえつ》が漏れた。硬直した彼のからだは巻きつけた腕の圧を受け入れようとはせず、それで彼女は、弟がほんとうに死んでしまったのだと知った。

9

早朝。弟の死体を埋めるための穴を地面に掘った。土をかける寸前に触れた頬は硬かったが、硬直していなかったとしても硬かっただろう。生きていたときから彼はほとんど骨と皮だけだった。肉の弾力を感じられる理由はどこにもない。だがそんなふうに硬く、小さくなった顔を明け方の空の下で見ると、こんなにも華奢《きゃしゃ》なからだでここまで生きながらえてくれたことへの感謝の念が湧いた。

お母さんのとなりから私たちを見守っていてね。

そうして別れの言葉を呟《つぶや》くと涙があふれた。

彼女は彼の両手を胸の上で組み合わせ、時間をかけて土を被せた。

村を支配する青年同盟の少年たちは、そんなささやかな別れすら台無しにした。彼らはモモの死んだ弟が共同墓地に捨てられなかったと知るや彼女の元へと押し寄せ、死体を埋めた場所を教えるよういった。

十字の墓標を立てた土地へと案内すると、少年たちはモモに掘り返すよう命令した。弟のために掘った穴が食糧の隠し場所になっているのではないかと疑ったのだ。モモは二時間かけて埋葬した弟の死体を一時間かけて掘り起こした。

埋葬場所に食糧が隠されていないことがわかると、青年同盟の少年たちは死体にも彼女の労働にもなんの敬意も払わず、もちろん埋め戻しを手伝ったりなどもせずにその場を去った。弟の表情は、土の色のせいか、先刻より暗くなっているように感じた。モモはまた一時間かけてそれを埋めた。

翌日。彼女は村を離れる決意をした。

第一部

〈A〉1930年まで

1

モモの家は食うに事欠くほどには困窮《こんきゅう》していなかったが、それは家族全員の懸命な労働の賜物だった。学校に行っていない時間、モモも姉も弟も畑で泥だらけになって仕事をした。しかしそれだけ働いても入ってくる金は十分ではなかったので、父親は朝夕は小屋に籠って家具を作り、市場に運んではそれを売った。どんなにいいものを作っても売れることは稀《まれ》で、荷車いっぱいに積み込んだ椅子や机、棚や木箱をそのまま持ち帰ってくることもすくなくなかった。小屋はいつしか作業場所より売れる見込みのない家具の占める割合のほうが大きくなった。それでも父親はめげずに作り、市場へと運び、そしてひとつでも売れた日は家族とよろこびを分かち合った。

周囲には畑と家しかなかった。近隣の人々も勤勉に働いていたが、ほとんどはモモの家より貧しかった。多少の貧富の差こそあれ競争的な雰囲気は希薄で、村の雰囲気はどちらかといえば牧歌的だった。村人たちはみな寡黙だったが、農作業を通じて生まれた郷土への愛は互いを協力的にしていた。父親はしばしば生活に困窮する家々に自作家具を譲っていたので、村の者たちからはそれなりに敬《うやま》われてもいた。彼は農家の仕事に誇りを持っていたが、一方でふたりの娘にはきちんとした職業に就いてほしいと考えているようだった。父親のいうきちんとした職業とは先生か役人か医者のことで、農家と家具職人はそこに含まれなかった。

家は村では珍しい煉瓦造で、キッチンのほかに寝床と食堂があるだけの簡素な拵《こしら》えだった。それぞれを区切る壁はなく、起きれば食堂が見えたし、食事中には寝台が見えた。屋内にある家具のほとんどは父親が作った。一番の古株は家族五人が毎朝取り囲む六角形の食卓で、それが六角形になっている理由は、青年期の彼がそれを作ったときに家に六人の家族がいたことに拠《よ》る。彼と妻、モモの祖父母とふたりの叔父。モモらこどもたちが生まれるずっと前の話。父親がその食卓を作ったとき、祖父母は不格好なその家具をなじったという。なんだいそりゃ。ずいぶん使いづらそうじゃないか。

六人家族の時代は長くは続かなかった。厳寒の冬、祖父母は揃って体調を崩し、まずは祖母が、のちに祖父が逝《い》った。不作による食糧不足と収入無しの期間が続くと、ふたりの叔父は労働機会を求めて工業地帯へと旅立ち、二度と帰らなかった。

やがて家にこどもができると家族は五人にまでその数を戻した。

長女アンナ。次女モモ。そして待望の男児オルセイ。

母親はさらに六人目の家族を望んだが父親は拒んだ。こども三人さえ育てるのにぎりぎりの生活だった。周囲の家は未来の労働の担い手として五人、六人と子を儲ける者もあったが、父親は労働を担わせるために子を作る必要は感じず、いまある家族を大事にするより優先すべきこととも考えなかった。

一家の暮らしは慎《つつ》ましいものだったが、農村部ゆえ、不作の年を除けば食は豊かだった。三姉弟は採れたてのとうもろこしを食べられたし、キャベツを煮込んだスープを飲めたし、新鮮な鶏の卵にもありつけた。

六角形の食卓を家族五人で囲んでいた日常を、後年のモモは繰り返し思い出すことになる。窓から眩《まばゆ》い陽の差す朝。鳥が庇《ひさし》の上を歩く音を聞きながらパンを食べた日々。

食事のとき、家族はみな黙っていたが、沈黙のせいで居心地のわるさを感じたことは一度もない。話さないのが当然だった。食堂では皿にスプーンが当たる音とともに、風の日は砂埃が壁に当たる音を、雨の日は雨が屋根を打つ音を聞いた。

2

国が産業改革について宣言したのは一九二八年、母親が死んだ年の春だった。

まだ十歳だったモモは身の回りで起きていることを正確には理解しなかったが、それでも村の人々がすこしずつ落ち着きを失くしていくのを目の当たりにしたことで、この地の生活が変わりはじめているらしいとは知れた。不吉な予感はそこここに漂っていた。寡黙な村人たちは、皮肉にも、来《きた》る変化を前にして言葉を交わすことが多くなった。以前はほとんど参加することのなかった井戸端会議に、父親も加わるようになった。

「農業の徹底的な効率化が図られるのだろう。産業の転換を図る上で労働力を養うための食糧供給は最大の隘路《あいろ》であるはずだからな。ゆえに農村の管理は、ある程度しかたのないことさ」

村人のひとりは、あきらめ交じりに、いっていた。

「本来、農民たちが国を追い込むのは簡単なんだ。市場から穀物を引き上げればいい。だからそんなことが起きる前に支配下に置く。国のいう〈集団農場〉のはじまりだよ。土地も、農耕具も、家畜も、すべて共用になる。いずれ私財などと呼べるものはほとんどなくなってしまうかもな」

集団農場。

帰り道、モモは父親に訊いた。「……それによって、村のみんなが豊かになる?」

「さあな」

「……いまより苦しい暮らしになったりはしないよね?」

「さあ。それもわからん」

モモは自分の家の農地について考えた。あまりにも長い時間をそこで過ごしてきた。幼少期、泥土に塗《まみ》れて姉弟と遊んだ日々をいまだ鮮明に憶えている。遊ぶのに飽きると横になり、そのまま夕暮れまで寝そべった。成長してなお、こころのどこかでは常に大地との長閑《のどか》な戯《たわむ》れに憧憬《しょうけい》を抱き続けていた。だから、まもなく農地がわが家のものでなくなると聞かされると混乱し、憂憤《ゆうふん》を覚えた。

3

家には、立派とはいいがたい代物だったが、この国の全体が描かれた地図があった。それはモモと姉とが使う寝台の枕元、雨漏りが作った染みの目立つ灰色の壁に魔除けかなにかのように貼られていた。何年ものあいだ空気に晒《さら》されていたせいで、すっかり色が褪《あ》せていた。書き込まれた文字のいくつかはすでに読めない。だが文字が消えても自分たちのいる場所がどこかを見失わずには済んでいる。もっとも紙のすり減った部位がその位置を示すからだ。モモが、姉が、弟が繰り返し触って確かめたせいで、現在彼女たちが暮らす村近辺は白く霞み、砂漠のようになっていた。

幼少期のモモは眠くなるまでの時間、しばしばその地図を眺め、この国がいかに広大かを知っていった。彼女は村を出て遠くに行ったことがない。だから東にある都市部がどれほど発展しているかを知らないし、南の工業地帯になにがあるかもわからない。遠い地に憧れた彼女は枕の上で遥かなる旅を思い描き、その妄想を楽しんだ。地図はモモにこの国に生きる人間としての誇りも与えた。わが国土が紙の上に占める割合は圧倒的国力の現れのように映った。両親のいっていたとおり、この国は強いのだ。私たちの国が器に入ったスープなら、と彼女は思った。周辺にある細々した他国など器から飛び出た食べこぼしの滴《しずく》も同じだ。

モモにとって国は、長年にわたって、生活の安心を確約する強固な後ろ盾だった。だが状況は変わりつつある。味方だと思っていたものは、実は味方ではないかもしれない。

制服を着た役人が若い男たちを引き連れ、頻繁に村を訪れるようになった。彼らは村の廃屋から程度のよいものを見繕い、事務所のような建物に改修していた。当初、村人には、彼らがなんでそんなものを作っているのかがわからなかった。

しばらくして流れはじめた噂は人々のこころに不安を掻き立てた。「きっと党の拠点だよ。この地区の分所みたいなもんさ。あそこに党員が住み、あたしたちを監視するんだ」

同じころ、モモの家の生活にも変化があった。父親が家具を売りにいく市場が閉鎖されたのだ。彼は家具を積んだ荷車を一時間引いて市場に着いたときのことを語った。まず目にしたのは、普段は賑《にぎ》わっているはずの広場が閑散としている様子だった。商人のひとりはバリケードの手前にいた警官に詰め寄ったが、次の瞬間には警棒で叩かれ、没収の名の下に商品を剝ぎ取られていたという。

「市場が閉まったくらい、たいしたことじゃないわ」姉のアンナは気を落として帰ってきた父親にいった。「あそこで手にはいるものなんて、なくて困るものでもなかったんだから」

「いや。市場が閉まったこと自体はどうでもいいんだ」彼は答えた。「……いやな予感がある。我々は大きな変化に直面しているのかもしれん」

そうしてふたりは家族と財産に関することを話し出した。アンナがまず提案したのは所有する家畜の売却だった。「家畜が共同化されてしまったあとでは売るに売れない。家畜を長く保有すればそれだけ飼料も必要になる。いまは消耗を避け、暗い未来に備えてすこしでも多く蓄えを作るべきでは？」

父親は拒絶した。「目先の金のために家畜を売り払うなんてとんでもない」と彼は、赤らんだ鼻を膨らませながら、いった。「だいたい市場は閉鎖されてる、妥当な金額では買い手がつかない。近所のやつに売り込みなんてしてみろ。足元を見られて買い叩かれるのがおちだ」

アンナは肩をすくめた。

「それでも売れるだけましというものでしょう。ただで取り上げられてしまうよりは」

4

変革はとうとう現実のものとなった。

ある晩、国から遣わされた役人たちによって村内の家長たちが集められた。モモは父親に連れられて集会所に出向いた。兵隊が出入り口付近をうろついていて、建物に入る前から物々しい雰囲気があった。集会所の中では村人たちがあることないことをしきりに話し合っていた。沈黙を美徳とするこの国の文化においては珍しいこと。しかしその喧騒も演台の上に制服を着た男が立つと自然に止んだ。彼は咳払いをしたあと、この国で実施される国家建設計画とその柱たる農業集団化についての資料を読み上げた。

――集団農場への参加は強制ではなく主体的な意思によって為される。

役人は演説の中でそんな表現を使ったが、それが建前にすぎないことは明らかだった。反対の意を示せばなんらかの懲罰が科せられるに決まっている。でなければ、だれが進んで自らの財産を差し出すことがあるだろう。

閉会後には、会場から離れた場所で何人かの村人が小声でいい争いをはじめた。農業集団化についての口論だった。居合わせた者の過半は集団農場など支持すべきでないと訴えた。

「自身の所有する農地であれば自分の裁量でどうにでもできる。しかし共同化など認めてしまえば農奴の時代に逆戻りだ」村で一番の農家であるリバルコが弁を振るった。「農奴解放以前に我らが祖先の受けた屈辱をわすれたとはいわせん」

「リバルコのいうとおりだ」モモの父親も加勢した。「我々は代々この農村において家族単位の労働にこだわってきた。だれかの管理下でこき使われながら働くのを容認するのは、自ら農奴に戻るのと同じだ」

「だが他所《よそ》から恐ろしい噂も入ってきている。まだ聞いてはおらんのか」別の村人がいった。「兵隊が銃剣を突きつけて農民を集団農場に参加させようとしているだとか、抵抗した者を強制移住させているだとか」

「噂は噂だ。真に受けるな。だれかを怯《おび》えさせて得しようとする連中がどの世にもいるもんさ」

「どうだか。おれには真実のように思えるがな」

大人たちは殴り合い寸前の剣呑な形相で啀《いが》み合っていたが、退去する役人と兵隊の行列が近づいてくると諍いは鎮まった。

やがてひとりが挨拶もそぞろに立ち去ると、他の者たちもそれに続いた。

5

村に流れてくる噂は過激になり、農村の安寧は日々乱れていった。

――近隣の村において党員の手下どもによる脅迫が繰り返されている。

――家が焼かれ、住人が惨《むご》たらしく殺されている。

とうとうすくなくない数の農家が、保身のため、集団農場に参加する意思を示した。

一九二九年には、青少年を対象とした党の思想教育のために結成された組織〈青年同盟〉が、党の事実上の手先として村人に具体的な働きかけを行うようになった。彼らは貧しい農家の煽動《せんどう》を試みた。村人たちのあいだに対立構造を築くため、裕福でない者たちの敵は裕福な者であると人々に刷り込んでいった。

ある日。青年同盟によって村にひとつだけある学校の外壁に貼り出されたのは一枚の分類表だった。その紙の中で、農民は三つの階級に分けられていた。

労働者たる「貧農」／中立的立場の「中農」／労働者の敵たる「富農」

「富農」の階級に分類されたのはリパルコをはじめとする村の五つの農家で、そのひとつにモモの家も含まれていた。

「なんなの……これ……」

分類表を見たモモは呆然とした。都合のよい敵にされたことはすぐに理解できた。

「……私の家は決して裕福じゃない。ううん、貧しいくらいよ。それでもやってこれたのは家族のみんなが懸命に働いてきたからなのに……富農だなんて……」

所詮《しょせん》は恣意的な分類、実情に即しているはずもない。だが問題は、これを目にした村人たちはこの階級分けを信じるであろうということ。掲示はその点において効果を発揮していた。

それまで村人は自分たちを階級分けしたことなどなかった。村は全体でひとつのようなもので、協力と互助から成り立っていた。だが青年同盟は純朴な農民たちの裡に眠っていた階級意識を呼び起こし、自らの貧しさと富農の存在との因果を短絡的に結びつけさせた。彼らは演説の中で、この村の五つの「富農」こそ、貧困の元凶なのだと呼びかけるようになった。貧しい者がいるのは富める者がいるからなのだ、と。

演説を真に受けた貧農たちは、富農を憎むようになった。青年同盟側につく農家がひとつ増えたという報《しら》せを受けるたび、モモは気が滅入っていった。

身に降りかかる理不尽について、納得のいく説明を与えてくれる大人はいなかった。それは家でも学校でも同じ。モモが質問をしたとき、先生はなにをいうべきかを迷っているように見えた。質問に対しての返答を得られたのは数日後だ。

この国は、どうやら公平と平等とを目指しはじめているようです。

教壇の上、数すくない生徒の前で先生はいった。

真の公平と平等とはなにか。それはわたしにはわかりません。ですがこの先、そういうものがこの国にもたらされるとは、わたしにはどうしても信じられないのです。

ここにはもう、かつてあったものがありません。協力もなければ調和もなく、個人もなければ意見もない。だからこそわたしは、意見を持つ個人でありたいと願った。あなたたち生徒の前でこんな話をするのも、そのような意志を保有するがゆえです。

もちろんあなたたちのだれかしらは親御さんにいいつけ、あるいは直接に党へ報告するかもしれない。ええ。そのことは覚悟しています。これが最後の指導になるとわたしが先に伝えたのは、つまりはそういうことなのです。ここからはきっとさらに多くがなくなるでしょう。これまでの生活も平穏も。もしかしたらわたし自身さえも。

そして先生は、その発言のとおり、二度と学校に姿を現さなかった。

自主的に去ったのか。または逮捕されたのか。定かなことを知る者はない。教員がひとりもいなくなると、だれが閉めると宣言したわけでもなしに、村にひとつの学校はその役割を終えた。

6

一般に青年同盟とは、若く情熱あふれる活動家を党に供給するための下部組織であり、同時に、この国の民として不適当な行いをする者を告発する密告者の養成機関でもある。都市部において青年同盟での仕事を魅力的だと考えるのは教養ある青年であり、優秀な人材は容易に募れたが、農村部においては事情がちがった。辺鄙《へんぴ》な地にあっては輝かしい若者の加入は期待できなかった。

ゆえに目をつけられたのは、貧しく、現状に不満を抱く好戦的な若者たち。党員が彼らの境遇に同情を示し、貧困の敵たる富める者たちの一掃を提案すると、少年たちは、まるでそれによって自分たちの生活が満ち足りたものになるとでも信じたみたいに、青年同盟への加入を志願した。

少年たちは、先に役人らが訪れて廃屋を改修して作った事務所を活動の拠点とした。

この地の青年同盟の構成員は数十人で、その大半が十代だった。リーダーはレフという名の十六歳の少年。細身で、ほとんど骸骨のようだった。眼窩《がんか》の窪みから覗く瞳は工場《こうば》のガラスのように濁っていた。だぼついたズボンのベルトに挿されているのは鞘に収められたナイフで、だれかと話すとき彼は、まるでその柄が口を開く梃子《てこ》かのように、決まってそれに手をかけた。

モモは大昔にレフがしばしば家を訪ねてきていたことを覚えている。飲んだくれの親にいいつけられた彼は物乞いのために村の家々を回っていたのだ。当時、レフに対して、村のだれもがうんざりしていた。ほとんどの家が二、三回目の訪問で施しをするのをやめた。だがモモの両親は貧しいレフに食べ物や衣類を与え続けた。模範的な姉、アンナが懇願したから。「お父さん、あの子になにかを与えてあげて。見捨てるのはかわいそうよ」

彼の家は常になにかが不足していた。食糧、衣類、燃料。物乞いの名の下に我が家から多くを奪っていくレフはちんけな盗賊にしか見えなかったが、アンナはレフ自身もまた被害者なのだとモモに説いた。

「彼に対し差別的な感情を抱いてはだめよ、わかるわよね、モモ。あなただって、もしかしたら彼のように他者を頼って生きなければならない状況にあったかもしれないのよ」

貧しい農村部において、こどもたちが施しを求めて家々を回ることは珍しいことではない。アンナはそういう子たちを一度も見捨てたことはなく、モモはそれが気に入らなかった。姉のひとりよがりのせいで家から物が減っていくのがただただ嘆かわしかった。

ともあれ、我が家の庇護を受けて育ったレフが、いまでは我が家を脅かしている。

「あの恩知らず」モモはレフ率いる青年同盟員たちの姿を見かけるたびに吐き捨てた。

「いつか引っぱたいてやる」

「そんなことをいってはだめ」台所で皿を拭いていたアンナがいった。「だれかに聞かれたらどうするの。密告されるかもしれないのよ」

「ねえ。うちは富農なんでしょ?」モモはいった。「いずれ、より多くの中農や貧農の家が私たちの家に見当違いな憎しみを抱くようになる。だからそうなるより前に、こっちが先に密告するというのはどう?」

姉が皿を拭く音が止み、代わりに屋根に降り立った鳥が頭上でかさかさ動く音が聞こえた。二羽か三羽。親子かもしれない。十数秒も経つとその足音は消えた。モモは風切羽が軋《きし》みながら動く様を想い描いた。冷たい空気の中、彼らはどこまでゆくのだろう。この国はどこもかしこも寒いというのに。

「私、これ以上この村にいないほうがいいひとたちを何人も知ってるよ。彼らが党の悪口をいっていたと手紙に記して党支部に送るの。私たちを憎む家のいくつかは消せる」

「……モモ。あなた見下げた子ね。空にいるお母さんがいまのを聞いたらがっかりするわ」

「べつにそうしたいわけじゃない。ただ、やられる前にやるだけだよ。でなきゃ私たちが危ない」

「保身のために罪を捏造《ねつぞう》してでも自分たちに不都合な人々を取り除くべきって？」

「そうよ。それのなにがいけないの。私たち家族みんなの将来のためよ」

アンナは布巾を棚の把手に干し、外したエプロンを壁に打たれた釘に掛けると、六角形の食卓を挟んでモモの対面に座った。「それはもっともよくない考えよ。モモ」と彼女はいった。「自分を利するためにだれかを踏み台にするのと同じ。騙《だま》されようとも騙してはいけない。盗まれようとも盗んではいけない。お母さんにそう教わった、そうよね？」

「でもそれって、なんていうか……理想だよ。現実にそんなふうにやっているひとはいない。他所の家を見てみなよ。いまやみんなが他者の悪意を疑ってる」

「だとしてもよ。陥《おとしい》れられようとも陥れてはいけないの。陥れられたひとの家族のことを考えてもみなさい。あなたがしようとしていることは、だれかのかけがえのないひとを奪う行為かもしれないのよ」

「……そんな甘いことといってて、後悔しない？」モモはいった。「うちは富農なんだよ？　この先に不安がたくさんあるのに、いまなにも行動を起こさなくていいの？」

「あなたやオルセイに卑怯なことをさせてしまうほうが、わたしにとっては後悔のもとよ」

7

一九三〇年に入ると党指導部は全国の青年同盟に大々的に呼びかけるようになった。集団農場への参加に反対する富農その他勢力と徹底的に戦うように、と。村を統治する上で労働者の敵たる富農を挫《くじ》くことには大きな意義があった。

青年同盟が動きを活発化すると事態は急転した。この地で最初に犠牲になったのは村一番の農家であるリバルコだった。おそらくは青年同盟が告発文書を党支部に送りつけた数日後、兵士たちがやってきてリバルコの妻を連行した。いわゆる密告だ。なんの科による連行かは周囲の者には知りようもない。

「どうせありもしない罪をでっちあげられたんだ」

野次馬のひとりが呟いた。

「あいつらの常套手段じゃないか」

リバルコ自身は村に残された。その影響力を利用して集団農場への参加を呼びかける働きを期待されて。

モモの家にも、党員と青年同盟の少年らとによる家宅捜索が入った。

その日、オルセイは隣村の診療所に出かけており、家にはモモとアンナ、父親がいた。家の扉が乱暴に叩かれたとき、彼女たちは昼食のスープを啜《すす》っている最中だった。

「おい。いるのはわかってるんだ、さっさと出てこい」

食卓にいた三人ともが固まった。経過する時間に比例し、レフが扉を叩くちからは強くなった。物乞いに訪れていた時期の彼の声には図太さとためらいが含まれていたが、現在では単に図太いだけになっていた。

父親が扉を開けると、青年同盟の数人と、党員と思しき男が立っていた。

「また塩をねだりにきたのか」

父親はレフの過去を踏まえた冗談を投げかけたが、それはあえなく無視された。

「いまからこの家を捜索する。だれも動くな。おかしなことをすれば連行だ」

レフの宣言を合図に青年同盟の少年たちは家の中を荒らした。台所の収納棚を倒し、まだ冷めてもいない鍋の中身をぶちまけた。寝台をひっくり返し、壺を見つけては叩き割った。彼らの何人かは捜索よりも破壊行為そのものを楽しんでいるように見えた。割れた壺からは仄《ほの》かに肉のにおいが漂い、それが場の悲愴感をいっそう強めた。家族が共有した朝晩の食卓の思い出が、まさに眼前で打ち砕かれていった。

やがて、普段は父親が家具を作っている作業小屋のほうから、声が上がった。小走りで母屋にやってきた少年が手にしていたのは便箋と封筒の束だった。

手渡された文書に目を通したあと、レフはアンナを指差した。

「この女には隣国より遣わされた密偵、すなわち〈人民の敵〉の疑いがある」

彼がなにをいっているのか一瞬わからず、三人は沈黙した。

「ご同行願えるかな。なに。ちょっと話を聞くためさ。手荒なことはしない」

なにをばかなことを、とモモは思った。姉が密偵であるはずはない。そんな便箋や封筒など、これまでたったの一度も目にしたことはなかったのだ。姉の連行を理由付けるため、彼らが捏造した物であることは明白だ。

「おい。娘をどうする気だ」

「他所で事情を聴取するだけだ。騒ぐほどのことはない。それに誤解であるのなら、それが解かれる必要があるだろう？」

レフは床に転がったキャベツや割れた食器を跨《また》いでアンナに近づき、その右手首を摑むと自分のほうへ引いた。姉は、うろたえてはいたものの、あまりにもゆったりしたその歩みに付き従っていた。ほんとうになにもたいしたことは起きていないかのような彼の足取りが、警戒を緩めさせたにちがいない。

しかし、モモはじっとしていられなかった。彼女は恐怖と混乱から叫び、姉のほうへと駆け、その腕を掴もうとした。ここで引き離されてしまえば、二度と会えなくなるかもしれない。姉はその声を聞き、目を覚ましたかのように振り返った。そしてレフの手を振り払い、家族の許へ戻ろうとした。

だが姉妹が手を取ることはかなわなかった。控えていた少年のひとりがモモの頬を張り、壁に突き飛ばした。アンナはふたたびレフに手を掴まれた。今度はさっきよりずっと乱暴に。

「来い！　それともこの場で死にたいか！」

腰から抜かれたナイフが首に突き付けられるとアンナの悲鳴が響いた。

姉妹は助けを求めたが、多数の敵の前で父親は無力だった。囲まれ、腕を捻られ、簡単にねじ伏せられていた。父親は痛みに耐えながら敵を罵っていたが、党員と思しき男が銃を取り出すと抵抗をあきらめた。

彼らは入ってきたところから出ていった。アンナの嗚咽がすこしずつ遠ざかり、とうとう最後には聞こえなくなった。一団が家を出ていったあともモモは立ち上がれず、壁にもたれたまま啜り泣いた。

オルセイが帰ってくるまで、父親は床に伏せた顔を一度も上げなかった。

8

　こどもたちがきちんとした職に就くことを望んでいた両親は、その教育のため、ささやかなりにも彼らにできることをやった。たとえば母親は、本を入手できるところなど身の回りにほとんど存在しなかったにもかかわらず、どこかしらからそれを手に入れてきて、家の幅狭《はばぜま》な棚に並べては熱心にそれらを読むことを、感想を書くことを奨めた。「人々はなにもいおうとしなくなるけど、それはよくないことよね」と母親はいっていた。「感じたことを表現するための手段をみなが持っておくべきなのよ」

　棚にある本のほとんどには他所の国についての記述があった。とりわけ多かったのは南国の描写で、その嗜好から、母親は遠い国の海辺に憧れを抱いているらしいと読み取れた。無理もないことで、なにしろ村から海までは途方もない距離に隔てられているし、そもそもこの国の海辺はたいていが寒すぎて穏やかな時間を過ごすには適さない。

　こどもたちはその未知の地に想いを馳せ、寝台の枕元に貼られた地図に描かれてはいない範囲について想像を巡らせた。三姉弟はしばしば南国の海辺に行くという空想を楽しんだ。そこには椰子《やし》の木があり、白い砂浜があった。宝石をちりばめたようにきらきら輝く海も、肌を焦がすほど大きな陽も。「あったかい国の海はおふろみたいに熱いのかな」と弟のオルセイはいった。「ばかね」と姉のアンナは答えた。「そんなことがあれば茹で上がった魚が浮いてるはずよ」

母親が収集した本は一冊として読める状態では家の中に残らなかった。価値のありそうなものは持ち去られ、無価値と認められたものは破られ床に打ち捨てられた。開いてうつ伏せになった状態の本は翼を広げたまま墜ちた鳥のようだった。その内側に秘められていた物語や母の善意、姉弟で楽しんだ無害な空想、なにもかもが青年同盟の連中によって踏みにじられた。

アンナが連れ去られてから二週間後。村一番の農家であったリバルコが惨殺された。見せしめのため、下着だけの死体が表の木に吊るされているのをモモは見た。からだには数え切れぬほどの刺し傷が走り、顔はぱんぱんに膨らんでいた。もしリバルコの家でない場所にそれがあったなら、すぐにはリバルコだとわからなかったかもしれない。この小さな村において豊さの象徴であった彼の死もまた、貧農からの支持を得ようとする青年同盟に利用された。

——見よ。これが己だけ富もうとした者の末路だ。

リバルコの死に危機感を抱いたのは、富農に分類された残りの四農家だった。モモの家を含む三軒の富農は降伏の意を表明していたが、ペトレンコの家だけはちがった。

ペトレンコは情熱と信念ある若き農家だった。祖先より継承してきた土地を国の方策のために差し出す気は、彼には微塵《みじん》もなかった。リバルコが惨殺された件が彼をさらに頑なにしていた。

ペトレンコは亡きリバルコの信念をむだにはしまいと集団農場への不参加を呼びかけ続け、そして周囲が懸念したとおり、それが命取りになった。

ある夕。兵士たちがペトレンコの家を訪れ、一家全員に強制移住をいい渡した。多数の村人に混じり道端から事の成り行きを見守っていたモモは、彼らの移住先になにがあるのかを知っていた。いつかだれかがいっていた極寒地方の収容所だ。労働を強いられ、ぼろ布のように使い捨てられる場所。

表に現れたペトレンコは兵士にあれやこれやを問いかけていたが、兵士は答える代わりに銃底でその顎を殴っただけだった。「講釈はいい。数分のうちに準備を済ませろ。この場で射殺されたいか」

十分後。大きな鞄を抱えた彼の妻とふたりの息子は現れたが、当のペトレンコだけは外へ出てこなかった。

まもなくして家から煙が上がった。野次馬が火事だと気づいたころには火は建物中に広がっていた。そして炎に包まれた家の戸口からペトレンコが現れたかと思えば、家族にも兵士にも目をくれずに、鉄槌で敷地内の家畜たちを殴り殺しはじめた。それが集団化への最後の抵抗であることは明らかだった。国のために提供するくらいなら、自らの命とともに家も家畜も滅してしまったほうがいいと考えたにちがいない。最後には兵士のひとりが鉄槌を振り回すペトレンコを銃殺した。家族らは嗚咽していたが、家長の死を悼《いた》む間もなく荷車に乗せられ連れていかれた。去りゆく彼女らにだれも声をかけなかった。

9

富農の農家たちは、いまや党や青年同盟への反逆心のかけらも持ち合わせていなかったが、従順になったからといって安全を手にできるわけでもなかった。豊かな者は打ちのめされるために存在していた。貧富の差をなくすことこそが「公平」だと掲げるこの国にあっては、富農と位置付けられたら最後、徹底的に惨《みじ》めな想いをするしかない。ここに暮らす者たちが他者より多くを手に入れようと思わなくなることこそ、国が標榜する秩序を築くための第一歩なのだ。

ゆえに富農を苦しめるための政策は続いた。国から富農に重税を課す通知が出ると、その執行と暴虐の愉悦のため、青年同盟員たちがふたたび家を訪れた。突きつけられた税額はモモの一家にはとうてい払える見込みのないものだった。

「払いようがない、で済む話じゃないんだ」レフはいった。「払えない、ならしかたない。それで終わってしまうなら払う者はいなくなる。そうだろ？」

彼は部下に、前回の訪問時に作成した家財についての目録を読み上げさせた。彼らは税の回収が困難と見るや、家からあらゆるものを持ち出そうとした。彼らがまだ壊していない鍋や皮製の長靴。比較的程度の良い衣類にふたつの鉄製の寝台。レフは六角形の食卓も部下に運ばせかけたが、それがモモの父親の手製であることに気づくと家に残しておくよう指示を変えた。おまえの作った物になどなんの価値もない、その屈辱を突きつけるみたいに。

モモはむざむざ家財を掠《さら》われていく頼りない父親の背を見て胸が苦しくなった。父親は明らかに恐れ、怯え、打ちひしがれていた。年端もいかぬ若造たちを相手に、こどもの目の前で、為す術なく立ち尽くしているのだ。ましてや略奪の中心にいるのは、その貧しき時代を他ならぬ彼の施しによって支えてやった少年であるというのに。

返り討ちにされる危険を冒すことになったとしても、殴るくらいはしてほしかった。モモは父親に尊厳を保ち続けてほしかったのだ。だが彼はなにも行動を起こさずじっとしていた。あとで問い詰めたなら、おそらくは家族の安全のためだったというだろう。実際、そのとおりかもしれない。それでも、彼女はこれまで知らなかった父親の不甲斐ない一面を目の当たりにして、心底幻滅した。

レフは、これっぽっちじゃ足りないだなんだといいながら、この日の作業を切り上げた。

「身の振り方を考えたほうがいい。長女のようになりたくなければな」と去り際の彼はいった。「密偵を匿《かくま》っていたのならあんたも同罪だ。たとえ気づいていなかったとしてもだ」

床に倒れたままになっていた六角形の食卓は、モモが起こした。

10

午後。モモは自分の父親が泣いている場に出くわした。作業小屋の壁に両肘をつき、手を頭の後ろで組んで咽《むせ》んでいた。

開いた扉の隙間からその光景を目にしたとき、彼女のこころに訪れたのは二種類の感情だ。ひとつは深い痛みを伴う同情で、もうひとつはほんのすこしの蔑《さげす》みだった。その涙によってモモは自分たち家族がいかに苦しい立場にあるかをあらためて知ったが、泣いたりはしないでほしかった。

彼女は父親に寄り添おうとして近づいたが、床の軋みに彼は振り向き、見られたことを恥じてか、なんの用だと怒鳴り声をあげた。

それで、モモはいっそううんざりする。この家を覆う暗い宿命のなにもかもに。

「ねえ、お父さん。姉さんは密偵だったわけじゃないんでしょ」

「ああ」

「ならどうして姉さんが連れ去られるあのとき、そういってくれなかったの？　あいつらがアンナを陥れたってこと、お父さんにもわかってたはずなのに」

「逆らってどうなる。あの場で全員殺されていたかもしれないぞ」

「私、お父さんのことを信頼し続けていいんだよね？」とモモはいった。「この国はすばらしく、私たちみんながその発展に貢献しなくてはならない。私はお父さんやお母さんにそう教わった。それはほんとうなのよね？」

「ああ」

「でも、だったらどうして、国はこんなにも私たちを苦しめるの？」

父親はいくらかの思案ののち、こんなふうに答えた。「私たち家族を苦しめているのは国じゃない。国の指示を曲解し、横暴を働く一部の青年同盟員たちだ」

「じゃあ私たちは、まだこの国を信じていてもいい？」

「そうとも」モモの父親はいった。「私は国に裏切られたと感じたことはない。たしかに急進的な政策が我々の暮らしを変えようとしているが、戦争の時勢ではしかたのないことだ。国を勝たせるため、痛みを堪えるのがここの民の務めなんだ」

「それなら、なんで泣いていたのよ」

その問いに対しての答えはなかった。

父親は娘の脇を通って母屋に戻った。

11

その月末。集会が執り行われた。村は集団農場の設立を決議した。モモの父親は求められたとおりに設立を呼びかけ、賛成票を投じた。この村の農業集団化にはたしかに貢献したのだ。にもかかわらず、アンナが家に帰ってくることはなかった。

集団農場の設立が決定されると、モモの父親は青年同盟にとって用済みの存在となった。彼らは、予《あらかじ》め仄めかしていたとおり、娘が密偵でありながらなにも気づかずにいた科により父親を逮捕した。

武装した男たちが家に入ってきたとき、父親は抵抗しなかった。いつかこうなる日が来ることはとうに覚悟していたように見えた。彼は家に残していかなければならない十二歳の娘、そして十歳の息子の頭を順に撫でた。「未来を案じることはない」と彼はいったが、その声はあまりに頼りなかったので未来は不安でいっぱいになった。

「アンナの無実が証明されれば、すぐに帰ってこられるだろう。アンナも、私も」

そうはいいながら彼自身、それがむなしい望みであることはわかっているようだった。

「……父さん、やくそくだよ」オルセイは泣きながらいった。「……ぜったいに帰ってきてね。ぼくたちは待ってるから」

「ああ。私が帰ってくるまで任せたぞ」

父親はオルセイを抱き寄せた。

「おまえは我が家の跡取りだ。私がいないあいだ、おまえがこの地を守るんだ」


表にはひとだかりができていた。村人が連れ出される様を見るのは初めてではなかったはずだ。それでもみなが瞳に多少の好奇と暗い失望の色を浮かべながら最後の富農の登場を待っていた。家から外に出るなり、モモの父親は表に集まった見知った面々に頭を下げたが、だれも挨拶を返さなかった。富農への同情は村における禁忌のひとつだった。

出発の準備が整ったあと、モモとオルセイは駆けって父親が乗せられた荷車に近づこうとしたが、ろくに視線を交わせもしないままに、彼らは遠くへ行ってしまった。

〈B〉１９３３年

1

農民が都市に出ることは本来法的に難しいはずだったが、飢饉が深刻を極めはじめたころには身分証明を強いる移動禁止令は有効ではなくなっていた。集団農場への抵抗の末、飢饉に苦しむことになった各地域からは大量の農民が流出していた。国が禁止令を遵守《じゅんしゅ》させる体制を維持するのは困難になりつつある。漏れ伝わってきた噂ではそういうことのようだった。

モモは身分証も金も持ってはいなかったが、それでも馴染《なじ》みのない世界へ向かうことを選んだ。弟を失い、他の家族も生きているか死んでいるかわからない現在、これ以上この地に留まる理由はない。

夜更け。モモは家の裏手の瓦礫の山を掻き分け、廃材の中に隠していた六角形の食卓を取り出すと、それを引きずって青年同盟員であるミハイルの住む家にいった。

ミハイル。ねえ。ミハイル。

彼女が寝室の窓を叩いてその名を呼ぶと、彼は慌てて玄関から現れた。

おい、なに考えてる！

その声は小さかったものの怒りが滲み出ていた。

こんなところ、ほかのやつに見られたらどうする！

彼は彼女の腕を掴むと家の中へと引き入れた。

農村において青年同盟への加入を志願した者の背景としてはよくあるように、ミハイルも極貧の少年のひとりだった。青年同盟に入って以降は暮らしが上向いているようで、彼の生活は、党の官吏や国の役人たちほどいいものではないにせよ、この地で働かされる農民たちのそれと比較すれば十分に満ち足りていた。彼らは、彼らが殺した農民の家屋からすきなものを選んで自身の居宅としていた。ミハイルの住まいはそれほど大きなものではなかったが、モモが長らく感じていなかった真のあたたかさはあった。夜に身が凍りつくことなどないと心底信じさせてくれる温もり。彼女は気もそぞろにストーブの前にいった。炎が燃え盛っている。ここにあるものと比べたら、弟とともに囲んでいたストーブなどおもちゃも同じだ。

「なあ、いったいどういうつもりだ」と彼はいった。「もう関わらないと約束しただろ」

「村を出ていくことにしたの。あなたにも伝えておこうと思って」

「勝手に出ていけよ。なんでおれにいうんだ。きみがどうなろうと知ったこっちゃない」

「おねがいがあるの、だからここへきた」

「おねがいはもう聞かない。食糧はやらないし、匿うこともできない」

「そういうのじゃない。もっと簡単なこと」彼女は玄関の茶色い敷物の上に置いた六角形の食卓を指差した。「あれを預かってほしい。それだけ」敷物は、食卓の重みに伸《の》された熊が両腕を広げて伏してでもいるみたいに、床にへばりついていた。

「なんであんながらくたを。捨てちまえばいいだろ」

「がらくたなんかじゃない。私にとっては」


ミハイルは、青年同盟員にしては珍しく、いまだまっとうな価値観と良心とを持ち合わせていた。モモとオルセイがここまで生き延びられたのは彼のおかげだ。とりわけ、農作業に従事できなかった弟が殺されずに済んでいたのは、ミハイルの配慮があったからだといえた。


——そいつは放っておいたほうがいい。

不労を咎《とが》められたオルセイが鞭で打たれようとしていた折、彼は仲間に進言した。

明らかに感染症を患《わずら》ってる。血なんかかかってみろ。おれたちが病気になっちまう。あの様子じゃどうせ逃げられもしねえ、ここでくたばるだけだ。配給を停止すればそれで十分さ。

以降、家にくる少年たちは弟を居ないものとして扱った。配給を減らされたとしても存在を無視されるのはありがたかった。弟が目の前で殺されるだなんてことだけは起きてほしくなかったのだ。

彼はその後もモモとオルセイのために危険を冒したが、それもある時期までだった。青年同盟の内部にその動きを勘ぐる者が出てきたせいで、支援はとうとう終わりを迎えた。

最後にパンを差し入れにきた日、彼はこれでおしまいだといった。もうなにもできない。頼られても願われてもむりだ。次は農民のひとりとして接するしかないし、逸脱した行為があれば殺すしかない。わるくは思わないでくれ。

モモはその通告にも胸を痛めなかった。もともといつ断ち切られてもおかしくはない恵みだとわかっていた。取り上げられる生活にも慣れていた。せめてなにか報いたいと思った彼女は、頼まれたわけでもないのに作業小屋へと彼を連れていき、そこで彼のためにできる唯一のこと、性的な奉仕をした。ミハイルの胸に自分の顔をうずめながら彼の性器を擦り、射精へと導いたのだ。果てたあと、彼は彼女の頭を退け、もう二度と自分に関わるなといい残して去った。

モモはその後も集団農場や他の場所でミハイルを見かけたが、彼は一度も彼女と目を合わせようとしなかった。それで、彼女はかえって安堵を抱いた。こちらの存在を気にかけていることの表れであり、絆は完全には断たれていないと感じることができた。

「村を出てどうするっていうんだ」とミハイルはいった。「行くあてもないくせに。どうせ途中で野垂れ死ぬか、巡回の兵士に殺されるか、あるいは捕まってここへ戻されるに決まってる」

「都会にいって働き口を探すつもり」

「身分証明もできないのにか」

「稼げないなら盗みをするまで。すくなくともここよりはたくさん物があるよ」

ミハイルは木製の戸棚からカップをふたつ出したが、逡巡のあとでひとつを戻した。彼は瓶に入った粉をカップに落とすとストーブの上のケトルから湯を注いだ。濃い湯気が立ち上り、その小さくも大きくもない空間を苦みある香気が満たしていった。

「やめておいたほうがいいと思うがな」カップを両手で包むミハイルはいった。「都会になんか出られやしないさ。いまやどこの鉄道の駅もごった返してる。もう身分証確認なんて面倒なことをやっちゃいない。農民を見分けるのに苦労なんかしないんだ。やつれてて、腹が膨らんでて、手足が腫れているのが農民さ。まちがえようのない事実だ。駅員は農民なら男のみならず女こどももぶっ叩いて追っ払ってる。引き摺り下ろされる過程で絶命する者もいるし、そもそも駅にたどり着く前に餓死する者も多いと聞く。いまや駅に限らず線路沿いはどこもかしこも薄汚い死体が転がってるって有様らしいじゃないか」

彼はカップの中身を啜り、シャツの袖で口を拭った。

「どこにもたどり着けやしないよ。みな考えることは同じだし、それゆえ同じように死ぬんだ」

モモは飲むことを欲してはいなかったが、そのカップに触れてみたいという衝動を覚えてはいた。こんなにもあたたかい場所にいるのに、指の芯はいまだに冷えきり、うまく動かすことができない。

「多くの農民はかすかな希望に縋《すが》って村を出るわけだが、たいていはこの国のどこにも希望がないと知って戻ってくる。そして、住み慣れた我が家で死の瞬間を待つんだ。そう。餓死さ。あれはおそろしいよ。最後にはみな人間であることをやめる。動く元気がないことだけが救いだ。みな静かに狂っていくんだ」

「そういう人々を現実に見ていながら、あなたはなおあたたかい家の中で彼らよりも多くの食糧にありついている。自分たちだけが安全な暮らしをしていればそれでいいのね」

「しかたないさ。おれは農民ではなかった、彼らは生まれてから死ぬまで農民だった」

「あなたはよかったわね。農民じゃなくって」と彼女は皮肉を込めていった。

「そんなふうにいうな。ほとほとこの世界に幻滅しているのはおれも同じだ」ミハイルは肩をすくめた。「おれが、なんの感傷もなしに、徴発や暴虐を楽しんでいると思うか？　とんでもない！　親たちの悲鳴に怯えるこどもたちの顔を見て普通でいられるわけがない！」

「ねえ。声が大きくなってる。しずかに」

「おれたちが親や食糧を奪ったせいで、残されたこどもたちは最後には自分の腕をしゃぶるようになったよ。だがそんな姿を目にしても青年同盟の連中はなにも思いやしないんだ。ぜんぶ党教育のせいだ。救済活動なんてものは全面的に否定されてる、そんなのは甘ったるい感傷にすぎないという理由でさ。なあ。目の前で親を殺された少女の泣き声をただただ聞いているほかなかったおれの胸の痛みがわかるか。胃が捻じ切れそうなほどの苦しみを感じたことはあるか」

「ある。毎日そういう想いをしている」とモモはいった。「こういってはなんだけど、あなたのそれは自分の情けなさからくる嫌悪よ。正しくないことを目の当たりにしながら、自分ではなにも変えられないと嘆くばかり。上に甘ったるい感傷だと切り捨てられるのは、あなたみたいなやつがいるから」

「だがその感傷によって救われた者がいるのも事実だろ。きみはよく知っているはずだ」

「ええ。そのことには感謝してる。これまでも、これからもずっとね。ただ、胃が捻じ切れそうなほどの苦しみというのは、弟が飢え死んでいくのを目の当たりにした姉の裡にこそ湧くものよ」

ストーブに載せたケトルの中身がすっかり蒸発してしまうと、彼は水を注ぎ足した。それから湯が沸くまでふたりは黙っていた。

彼はふたたびカップに熱湯を注ぐと、今度はモモに差し向けた。

彼女は首を振った。

「もう行く。おしゃべりをしにきたわけじゃないもの」

戸口のところで彼女は、くれぐれもあの食卓をよろしく、と念を押した。「おねがいしている立場だからわがままをいえないのはわかっているけど、それでも邪険に扱ったりはしないで。すくなくともあなたのこころに余裕があるうちは」

ミハイルは、なんだかんだいいながらも、結局は彼女にいくらかの現金と、繋ぎ合わせれば数斤分にはなりそうな乾燥したパンのかけらを持たせた。「いいか、これがほんとうの最後だ。次にうちの戸を叩いたら撃ち殺すしかない。二度とおれのところへくるなよ」

「これから村を出ていく人間に二度と家にくるなというのは変じゃない？」

「おれにはわかる。きみはいずれ村へと戻ってくる。ただただ望みを失ってさ」

モモはその餞別《せんべつ》を受け取りながら、彼が女としての自分を欲しているのかを考え、いちおう見返りがほしいかと訊ねた。質問の意味がわかると、恥ずかしさを覚えたのか、彼は扉を閉めてしまった。彼女は安堵した一方、傷つきもした。こんなにもちゃちなからだを求める異性がどこにいる？

そして荷袋を抱えると東に向けて歩き出した。

2

駅までは歩いて丸一日かかった。移動中、モモはミハイルのパンを少量ずつ摂った。飢えつつある人間にとっての徒歩行は死と隣り合わせだった。彼女は、彼というよりはパンに感謝した。

ミハイルのいったことはほんとうだった。いまや駅の周辺はみすぼらしい身なりの人間で埋め尽くされていた。みな街へ、労働機会や食糧がここより手に入る可能性が高い場所へ行こうとしている。群衆は幾重にも層を為し、それらを掻き分けて前に進もうとしたが、ひとが多すぎるせいですこしもホームに近づくことはできなかった。

列車が駅に進入すると、人々は一斉に車両に群がり、その中に入ろうとした。乗車口から。窓から。よじ登った屋根から。列車の行き先を気にする者はなかった。ここでない場所へ向かうことだけが唯一の目的で、降りる場所がどこであろうと構わないようだった。

やがて銃声が響き、傷を負った者たちが放り出されると、状況は多少落ち着いた。ホームに近づけず、あるいはそもそも車両に乗り込む希望を持っていなかった者たちは、線路沿いに突っ立って窓際の乗客たちから恵みの食糧が投げ与えられることを期待するしかなかった。彼らは列車から投げられた物が届くと思われる範囲にならどこでも陣取り、自らの痩せ細ったこどもたちを聖杯かなにかのように頭上に掲げた。車両の中にいる人々からすこしでも多くの同情を引き出そうとして。しかし、走り出した列車は、たいして食糧を落としはしなかった。

「歩こう」

真後ろにいた夫婦の会話をモモは聞いた。

「どうせいつになったって列車には乗れない。自分たちで歩くしかない」

「……歩くってあなた……どこへ行こうというのです?」妻と思しき女がいった。彼女は胸に小さな赤子を抱いていた。「……この子はもう限界です。都市部まで歩くなどとうてい無理です」

「越境するんだ。隣国に逃れたほうが早い」

「無理ですよ、そんなの。国境付近の川では何百人もが殺されたって話じゃないですか」

「ならどうしろっていうんだ。ここで待つのか。なあ。ここで待ってればこの子は助かるのか」

「怒らないでください……私はただ、自分の考えを口にしただけです」

夫婦仲は険悪だった。モモはその一家がどのような選択をするのか興味深く見ていた。しかし列車が完全に見えなくなるころには、離散する人々に紛れてどこかへ消えてしまっていた。

3

モモはふたたび歩いた。列車への乗車は期待はできず、となれば徒歩で行くほかない。早く駅を離れたかったというのもある。飢えた群衆に混じって立っていると、自分もまた彼らと同じく飢えつつある農民のひとりにすぎないという事実をまざまざと思い知らされる。それに、食糧を希《こいねが》う者たちにはたいてい養うべき家族の姿があったが、彼女にはなかった。

昼には外を歩かないのが定石だという話は、ミハイルより聞かされていた。夜の暗闇をこそ進み、昼には茂みや森で眠るのが巡回する兵士たちに見つかりにくい安全な手段なのだと。農村地帯の大部分においては建物はおろか物陰さえまばらで、身を隠せる場所は多くない。巡回兵と鉢合わせしたらおしまいのはず。だがモモは彼の話を真に受けなかった。彼女にとっては暗闇を歩くほうがよほど恐ろしいことだった。助言に従わないことに不安と焦りを覚えなかったわけではないが、道をゆくうちにその危機感も薄れた。疲労と空腹が集中力を奪ったせいで、警戒を続けるには思考が鈍くなりすぎていた。

空は地上の苛酷とは裏腹に晴れ渡っていた。澄んだ空気の中、遠くの山々は頂上まで望めた。傾きはじめた陽は足元から荒れ果てた土地の縁《へり》へと短く黒い影を落とした。風が吹くと朽ちかけた植物たちがまばらに揺れ、ざわざわ茶色い細波が立った。

ふと歩みを止め、来た方角を振り返る。いまや村は遥か彼方。

彼女は傷だらけの指を髪に埋め、鳥のように硬くなった毛を耳にかける。

わが故郷。一家のみながそこで生まれ、そこで育った。

みながそこで死ねると思っていた。だがそれは叶わなかった。

4

来る日も来る日も東へと進んだ。気温の高い日中に距離を稼ぎ、夜が近づくと寝床になりうる場所を探した。野宿することが多かったが、運が良い日には廃屋に行き当たれた。かつては集落であったと思われる地に建物を見つけると、ひとがいないことを確認してからその中に入った。腐臭がひどい場合、彼女はポーチの隅に身を屈め、荷袋から取り出した布を纏い、じっと眠りが迎えにくるのを待った。

なかなか寝付けないとき、胸を占めていたのは漠然とした不安と不吉な予感だった。故郷の家にわすれものをしたような感覚をいつまでも拭い去れずにいた。彼女は庭に埋めた鍵のことを思った。戸締まりだなんてばかげている。あんなぼろな家、どこからだって入れる。そもそも、家の中に隠すほどの価値のあるものなどひとつもない。それでも彼女は、あの家がだれかによって勝手に使われる事態だけは起きてほしくなかった。家族の暮らしの記憶が侵されていくようで堪え難かったのだ。

朝には水を探した。家が建っているということは、近くに水を確保できる場所があるということ。モモは周囲を探索し、井戸を見つけた。底は暗くて見えなかったので大きな石を落としてみた。水が跳ねる音。ひんやりと湿っぽい空気が立ち上ってくることを期待していたが、返ってきたのは土に石がめり込む鈍い音だけだった。

小さな失望と荷物とを抱えてその地を発《た》つ間際、モモはふと、この集落はどのようにして住むひとを失くすに至ったのだろうかと思案した。

ここまでの道中でも滅んだ村は幾度か目にした。彼女自身の故郷のように国の急進的な改革の影響によってその歴史を途絶えさせた村もあれば、そういう地から逃れてきた者たちによって滅んだ村もあるはずだった。故郷の村に不穏な空気が漂いはじめたころ、近所のひとたちは互いの不安を煽るだけのような残忍な噂を、近隣の村に訪れた暗い結末に関する話をやたらに交換しては落ち着きを失くしていた。そこで交わされた噂話のひとつには、迫害を逃れる者たちが行った先でひとつの集落を滅ぼす過程が含まれていた。村の消滅には三段階、つまり押し寄せる訪問者の三度の波があるのだという。

第一波は、そのみすぼらしさと腕に抱えた小さなこどもとを武器に、村人の良心に訴えかけて慈悲と同情を引き出そうとする。第二波は暴力発動の可能性を伴う言論を武器に交渉を試みる。おそらく村人が実際に経験してその存在を見知るのはそこまでで、第三波がどのようなものか、彼らにはわからずじまいだっただろう。最後に来た連中は、夜の闇を進み入り寝首を掻くような人間たちであったはずだから。あるいはこれも、確度の低い噂のひとつだろうか。

ただ、その噂が事実だとしても多少の救いはある、というのがモモの個人的な見解だった。全員が殺されるならまだいい。最悪なのは、男と老人と幼子を殺され、若い女だけが生かされる場合だ。村の歴史が乱暴な他所者の血によって汚され、塗り替えられてしまうくらいなら、いっそなにもかもを抱き込んだまま滅んでくれたほうがいい、と彼女は常に思っていた。

足元の石を蹴った。静まり返った一帯にそれがからから転がる音が響いた。石は使うひとを失った錆び付いた鍬《くわ》に当たった。周囲がしんとしたあと、彼女は陽の昇る方角へ進んだ。

5

モモは自分がどこへ向かっているのかわかっておらず、そもそも向かう場所について真剣に考えてもいなかった。肝心なのは逃亡であり、遠くならどこでもかまわない。姉を奪われ、父を奪われ、弟が病と飢えに斃れたあの村からすこしでも離れたい。胸にあるのはその想いだけだった。

彼女にとって故郷以外の場所は、たいてい故郷よりましだった。飢饉の暗い記憶と決別できるというだけでなく、食糧入手の面においても。あの地では、あらゆる野生の動植物は喰らい尽くされていたが、現在自分が辿るどこともしれない土地では事情がちがう。そこにはまだ食べられる草が残っており、一方で競合者は存在しない。

もっとも、縮みきった胃は食糧を簡単には受け付けなかった。摂食のあと、モモは毎度のように吐いた。口からは草や、虫の脚や、潰れた実が出てきた。四つん這いになった彼女は涎《よだれ》の先にあるそれらを見つめた。掌には小石が食い込み、ほとんど皮と骨だけになった膝は擦れて痛んだ。吐息は酸いにおいがした。

封鎖された道に行き当たるたび遠回りを強いられた。ときおりめまいを感じては荷袋に手を伸ばし、パンをちぎって口に入れた。荷は多くなかった。担いだ袋に入っているのは毛布がわりの布切れが一枚と、農場で盗んだ小ぶりなスコップがひとつ。水筒。そしてミハイルがくれた多少の現金とパン。水筒には久しく中身が入っておらず、それゆえ喉はからからだった。井戸も川もない場所でモモは渇きに苦しんだ。

干からびた畝《うね》の波模様がこの地の荒廃を物語っていた。長らく手入れをされておらず、多くの農地は荒れ放題という有様。あちこちで見かけるこの状況が、農業効率化を図った結果だとしたら、皮肉なことだと彼女は思った。そうとも。国を養うための作物が必要なのに農民を虐《しいた》げてどうする。自分たち家族を苦しめたこの国は、本末転倒な政策のツケを払うかたちで、いつか罰せられるにちがいない。そんなふうに考えると形容しがたいよろこびも湧いた。

だがそれはむなしいよろこびだった。自身の直面する困難を思い出した途端、国や農村についてのあれこれはどうでもいい話になった。なにしろ痛みと苦しみがこのからだを滅ぼそうとしている。渇きと疲労が脚をおぼつかなくさせた。彼女は屈み、意識をぐらつかせるものをやりすごそうとした。体内を奔《はし》る血液が足下の大地を揺り動かしているみたいだった。おかしなことだ、と彼女は思った。こんなにも小さくて弱いからだの中で血がちから強く流れるなんて。

そうして、とうとう耐えきれなくなって、前のめりに倒れた。

砂と小石からなる地面に頬が触れると、気持ちがすこし楽になった。幼少期、故郷の田畑で嗅いだのと同じにおいがするから。このまま眠ってしまいたい、と彼女は思った。実際、そうすべきなのだ。守るべき弟もない現在、どうして立ち上がる必要があるだろう。

おぼろげな意識の中で、いよいよ死が自分を見つめはじめているのだと気がついた。死ぬのなら場所を選びたい。きっと天では母と弟が地上を覗いている。けれど、からだを動かすちからは湧き上がらなかった。親不孝をしているようで気が咎めたが、ともあれ家族が空から見守ってくれていると考えると安らぎは得られた。

目を開けたとき、指先を雨が打っていた。気づけば手だけでなくあらゆる部位は濡れ、脇には水溜まりまでできていた。

雨。

からだを動かすにはあまりに疲れていたので、舌を出して滴を捉えようとしたが、その試みはうまくいかなかった。モモは重くなったからだを起こし、空を仰いで口を開けた。雨は強くはなかったので渇きを癒すためには長い時間その体勢を維持する必要があった。額を打つ水が瞼の上に溜まり、そこからこぼれて頬を伝うのを感じると、はたして自分は泣いているのかと錯覚した。彼女は顔、首、腕を順に濯《すす》いでいった。髪を掻き上げれば指と指のあいだは茶色く汚れた。

濡れながらモモは、その雨を恵みというよりは脅迫のように受け取った。生存の機会を与えられたのではなく、単に生きるよう急き立てられているのだと。時間が経過すると雨は強くなり、それに比例して彼女の気も重くなっていった。そのときの彼女が疎《うと》んでいたのは、実際的な煩《わずら》わしさについて。濡れた服を乾かすために火を熾《おこ》さなければならないだとか、屋根のついた寝床を探す必要があるだとか。

立ち上がったとき、倒れる前よりは多くの元気を取り戻していたが、それでも裡には雨を恨めしく思う気持ちが残った。この世からの穏やかな離脱を妨げられたという意識は、時間が経っても薄まらなかった。彼女は悪態をつきながら水筒の蓋を開け、その口を空に向けた。

6

道すがら草や実を摘んでは荷袋に入れていたが、それが充実したのもある時点までだった。途中から食することのできる植物は減った。道端の草にちぎられた痕跡が見られるようになると、モモは現在もなおひとの住まう集落のようなものへと自分が近づいていると知った。

さらに進むと、行き倒れの死体がぽつぽつと現れた。大半は餓死のようだった。痩せ細った母親が赤子を胸に抱いて亡くなっていた。背や頭に銃創のある死体も見かけた。おそらくは地元の青年同盟員に射殺された農民たち。

引き返そう。目の前を飛び交う蠅を払いながら彼女は思った。党員や青年同盟員がいるかもしれない村を通るのは危険だ。なにしろ身分証を持たず、ましてこのように痩せていたのなら、他所の農村からの逃亡者だと見破られるのはわかりきっている。

しかし、ふと見遣った足元の死体が彼女の判断を迷わせた。餓死でなく、銃創もなく、しかしぼこぼこに殴り殺された若い男。痩せてはいない、また掌を見るに農作業に勤しんでいた様子もない。すなわちこれは、虐げられていた農民ではなく、虐げていた側である青年同盟員の死体なのだ。

モモは、わからなくなってしまった。農民たちとの争いによって青年同盟員が死ぬこと自体は珍しくはないが、彼らは仲間の死体を行き倒れの農民とともに道端に放置したりはしない。そうして彼女は、もしかしたらこの村には支配する側の人間すらいなくなってしまったのではないかと推測するに至る。食糧の配給が完全に絶たれた村だとしたら、青年同盟すらここを捨てて逃げている可能性もなくはなかった。

モモの裡に、久方ぶりに好奇心のかけらのようなものが芽生えた。この村の飢餓の程度を覗いてみたいと思った。故郷よりさらにひどい有様であったなら、あるいは多少の慰みにはなるかもしれない。彼女は自分や家族の歩むことになった道が最悪でないと思いたかった。一方で、頭の中の理性的なもうひとりの彼女は、そんなことのために危険を冒すなんてばかげていると切り捨てた。

モモは理性に従い、村へと続く道を逸れた。鼻を押さえ、蝿の群がる死体を跨いだ。いまさらどんな死体を見ても驚かなかった。彼女は亡骸《なきがら》の脇を通りながらそれぞれの人生について想像した。家族はいただろうか。子と親は、はなればなれにならずに済んだだろうか。

だが直後に彼女の目に入ったものは死体ではなかった。すぐそこに倒れている少年の胸は呼吸に合わせて上下していた。小鳥のように尖《とが》った口先はかろうじて動き、必死に空気を求めている。

放っておいたほうが、関わらないほうが安全のはずだった。

しかし彼に弟の面影を見てしまったモモには、見て見ぬ振りをすることができない。

彼女は少年のからだを起こすと水筒の水を飲ませ、辛抱強く待った。声をかけず、無理に動かしもせずに。彼が口を動かして食べ物をねだったので、彼女は自分のパンをそこに入れた。

一眠りのあと、少年は話せるまでになった。モモの顔を見て少年は、この村のひとじゃないね、といった。彼は名乗らなかったが彼女も名乗らなかった。そうよ、他の村からきたの。

どうしてこんなところに、と彼が訊ねてきたので、「別にここにきたってわけじゃない。逃げてきた先にあったのがここだったってだけ」と答えた。「あなたも村から逃げようとしていたの?」

「ううん。もう村に食べ物は残ってないから外に探しに出てた。家族のためにさ」

少年はモモの荷袋を見遣った。

「ねえ。村に来てみてよ。母さんや妹を助けてほしいんだ」

7

少年の住む村は完全に見捨てられた場所だった。すでに党員も青年同盟員も退去し、集団農場は放棄されていた。もはや死体を運ぶ気力のある者さえいないらしく、そこここに掘り起こされた跡の残る路は腐臭に満ちていた。

モモの隣を歩く少年には飢餓の典型的な症状が現れていた。皮膚は不健康な灰色を帯び、伸びるに任せた前髪のかかった目は飛び出し気味だった。腫れた手脚の上には無数の発疹が見られ、ふくらはぎは掻きむしったせいで化膿していた。

この村に入るまで、彼女は故郷よりも惨めな場所を目にすれば多少なりともこころが救われるかもしれないと考えていたが、実際のところ、その目論見はひどく的外れだった。感じるものがあるとすれば、故郷で感じたのと同じ絶望がこころを蝕《むしば》む痛みだけ。

家々の開いた扉からは飢餓がおかしくしてしまったひとの姿が覗いていた。とある家の男は机の脚にかじりついていた。モモが目を合わせると動物のような威嚇の声を上げ、喉をがらがら鳴らした。

通りの奥にはさまよう幼女の姿があった。あれは親に捨てられた子だよ、と少年はモモに教えた。親はどうしたの？　彼女が訊くと彼は「とっくに逃げたはずさ。こどもは置いていかれるのが普通なんだ。養えないし、逃亡の邪魔になるから」と答えた。しかしその言葉に反し、幼女の元には大人が現れ、次には手を引かれてどこかへと消えた。

なんだ、親がいるじゃない、とモモはいった。

親なもんか、と少年はいった。「どっかその辺の飢えたやつさ。あの子が喰われなきゃいいけど」

そういうことが起きる救いなき現実。彼女自身もよく知っている。故郷でも耳にした話だ。実際、子を生かしたまま置いていく人間はまだましで、たいていは殺して腹の足しにしたあとで村を離れる。その辺の家に入り確かめたなら、この残酷な真実ともう一度向き合うことを余儀なくされるにちがいない。台所の鍋にはきっと骨が残っている。

8

少年が住まう家は程度のわるい掘っ建て小屋だった。村にはぼろな建物しかなかったが、振り返ればいずれも彼の住まいよりはましに見えた。彼に連れられて入ると、小さな女児を抱えた老婆の姿があった。

「ああ、おまえ。いったいどこへ行っていたんだい。帰ってこないから心配したよ」

「食べ物を探しに行ってたんだ、母さん」

そこでモモは目の前にいる女性が、老婆と呼ぶほど歳をとってはいないはずの、彼の母親であることに気がついた。老けて見えるのは栄養不足で皺だらけになった顔のせいだった。

彼女の目の下には大きな隈《くま》が作った陰りがあった。張り出した額には妙な艶が出ていて、それが表情を不気味にしていた。床に投げ出された足の皮膚には穴が空いていた。脇には鋭利な棒があり、自ら水疱を破って水を出していたようだと知れた。この空間を漂うつんとしたにおいは、おそらくは膿《うみ》が原因だ。

「そのひとはだれだい」と少年の母親はモモを指して訊ねた。

「僕をたすけてくれたひと。食べ物をくれたんだ」

「それはまあ、ご親切に」

そしていかにも難儀そうに頭を下げた。そのときモモは女の胸に抱かれた女児を見ていた。眠るにはあまりに窮屈そうに首を傾けている。動きもせず、喋りもせず、周囲の音に反応もしない。それでモモの裡には、ひょっとしたらこの女児はすでに死んでいるのではないかという疑念が湧いた。母親がなおも抱き続けるのは、そして少年がそれに言及しないのは、死を受け入れられないからではなかろうか。そう考えると、この空間のひどいにおいも膿のせいではない気がしてきた。

モモはすこし、ショックを受けた。肉親の死を受け入れることの困難さは彼女もよく知っていた。隣にいた少年が腕に触れ、どうしたの、と訊いてきたが、その気遣いは彼に弟の影を見る彼女にとって、感傷が胸を抉《えぐ》る程度を強めただけだった。

モモは荷袋を下ろすと、路上で摘み取った草や実、パンを差し出した。来るべきこの家族の破滅をすこしでも先延ばしできるようにと。

少年は、食糧を分けてくれた礼だといって、この国の地図をくれた。彼曰く、それはかつて村を取り仕切っていた青年同盟の拠点たる事務所から盗んだものだった。

「ほんとうは鍋で煮込んで食おうと思ってたんだ。でも地図なら欲しがるひとがいるかもしれないし、食べ物と交換してくれるかもしれない。だからとっておいたのさ」

モモは少年にその地図のあった事務所まで案内するようせがんだ。建物は村のはずれにあり、周辺のものと比べれば小綺麗な外観をしていたが、窓はすべて割られていた。

「いっとくけど、拾い物があるかもなんて期待しちゃいけない」と建物の前で少年はいった。「目ぼしいものはことごとく持ち出されてるよ、とっくの昔にさ」

身分証の偽造に役立ちそうな道具を探したが、残念ながら彼のいったとおり、中はすっからかんだった。モモは事務所には早々に見切りをつけて死体を当たることにした。

この村に入る前、青年同盟員と思しき死体を見かけた。探せば放置されている死体の中に身分証を有する者が見つかるかもしれない。モモと少年は路上で比較的程度のいい死体をひっくり返して歩いた。正当な身分証はふたつだけ見つかった。いずれも男性名で、歳をとった男の写真付きだった。利用できそうにないので彼女はそれを地面に放った。一方で、捜索ついでに見つけた鞘入りのナイフは荷に加えた。

モモはその夜をからっぽの事務所で越し、翌日に村を発つことにした。

9

朝。出発前に少年の家に寄った。彼は村の外まで送るといった。モモは拒んだが、彼は送るといい張って聞かなかった。拒んだのは、手間をかけさせたくないからではなく、弟を思い出したくないから。隣にいると快活だったころのオルセイが脳裏に蘇る。

少年が「都市部に行くの?」と訊いてきたので、彼女は「そうよ」と簡潔に答えた。その後もあれやこれやと尽きない問いをぶつけてくるかと思ったが、彼はそれ以上なにも質問しなかった。

家の中のにおいは前日よりひどくなっていた。モモは、相変わらず腕に抱いた女児を揺する母親を見遣りつつ、この一家はどうなってしまうのだろうと考えた。明るい未来がないことだけははっきりしていた。

飢餓においてなにより残酷なのは、みすみす我が子が飢えるのを見守るほかない親の立場だ。故郷にいたころ、家族を食わせられない情けなさから農夫が自殺する事件を幾度か耳にしたが、彼らがそういう選択をする心理は理解できる気がした。オルセイが死んでしまった日、弟の喪失それ自体と同じくらいこころを痛めつけたのは、彼を救ってやれなかった姉たる自分の不甲斐なさだった。

「あなたも一緒にくる？」

モモは少年に訊ねた。それは自身の生存を第一に考えるのなら明らかに不合理な誘いだった。なにしろ自分ひとりすら食べていけるかもわからない。

「一緒に、って……」彼は戸惑っていた。「……ぼくには母さんがいるよ？」

「ならお母さんに聞いてみなさい」

「……母さん」少年は母親のほうを振り返った。

彼女は長いこと黙ったまま揺れていた。女児をあやしているようにも考えあぐねているようにも見えた。

しばらくの時間が経過したあと、ようやく口からか細い声が絞り出された。

「ええ。連れて行ってくれると助かります……どうかその子だけでも生かしてやってください」

だれかの喉の奥で空気がごろごろ音を立てた。

母親は、あとに続くべき言葉を付け足そうとして、唇をわなわな震わせていた。

少年の息は荒くなっていった。不意に訪れた別れに動揺しているのだ。

「……いやだ……ぼくはここに残る」と彼はいった。「母さんたちを置いてどこにも行かない」

「いいや。おまえは行くんだ」

「いやだ」

「行くんだ。おまえのためじゃない。あたしのためのおねがいだ」と彼女はいった。

「……頼むから行っておくれ。こどもをふたりも飢えさせる惨めさから、あたしを救っておくれよ。あたしが救われるには、おまえが生きてくれるしかないんだ」

母親は目の端に涙を溜めており、それを見た少年の目も潤んだ。親子は抱き合って泣いた。

少年の妹は、とうとう目を覚まさなかった。

〈C〉1933年から1934年

1

少年は名をユーリといった。彼がくれた地図のおかげで道に迷わずに済むようになった。故郷を出て以来、モモは真東へ向けて進んでいたつもりだったが、実際には北東に傾いていた。現在の地点からは、当初目指していた都市よりも、ここから北東に行った先にある都市のほうが近い。彼女は考えた末、後者を目的地とした。

行く先に森や山があると積極的にその中へと進み入り、木の実やきのこを収穫した。野リスにありついたこともある。腑分けには盗んだナイフを使った。切り裂かれたリスの腹から放たれた悪臭は鼻を刺し、脳へと突き抜けていった。

ふたりは日が暮れる前に火を熾して肉を焼いた。暗くなった後で焚き火をすれば人目を引いてしまうかもしれない。なんにせよ目立つことは避けたほうが無難だった。

「見つかるとどうなるの」肉を食べ終えたユーリは訊ねてきた。

「もといた村に連れ戻される。運がわるいとその場で殺されるかも」

「ふうん」

少年は炎の中の骨を見つめていた。

「そもそもお姉ちゃんは、どの辺りの村から来たの」

お姉ちゃん——。単に年少のこどもが年上の女性を呼ぶ言葉。

だがモモにとってはそうではなかった。

「私の故郷はここからずっと南西にある農村。あなたの村と同じように食糧がなくなり、すこしでもましな場所を目指して逃げてきた」

火の粉が舞い上がり、視線の高さでふっと消えた。炎に焼《く》べる木の枝は飢えた人々の腕や脚のようだった。茶色く、細く、すこしちからを入れるだけで簡単に折れてしまう。煙のにおいは家族で耕した畑の記憶を蘇らせた。春先の野焼きを道端から眺めるのは三姉弟にとって年中行事のひとつだった。

「私の家はね、故郷の村ではひどく蔑まれていたの。富農だったから」と彼女はいった。「富農。あなたも聞いたことあるわよね。集団農場のある農村にはどこにでもいるはずだもの」

「ふのう」と彼はいった。「そのせいで家族とはなればなれに？」

モモはうなずいた。「まず姉が連れていかれた。次には父が。最後には病気の弟が死んだ。ええ。私には弟がいたの。ちょうどあなたと同じくらいの歳だった」

2

当然ながら、行く先々に食糧の収集が可能な森や山が常に存在するわけはなかった。蓄えていた分を食べ尽くしてしまうと、ふたりは空腹と渇きとを抱えながら歩くことになった。

頭の働きが鈍くなったあとにはまともに会話しない日が続いた。交わすのは、沈黙が支配するこの国での他者との交流ではよくあるように、最小限の言葉だけになった。目が眩むほどの日差しの下を歩かなければならない日は最悪で、普通なら一時間で移動できるような距離を二時間かけても進めなかった。息を吸うたび舌が口蓋にくっついた。黙ってユーリの横を歩くあいだ、彼女は想像の中で彼とたくさん会話をした。意識が濁ると実際の会話と空想との判別はつかなくなったが、ともあれ彼に対しての親密さは彼女の中で勝手に深まっていった。

水の音を聞きつけるとふたりは駆けた。そして河原に身を投げ出すと、水の中に口を突っ込んで飲めるだけ飲んだ。水面は青い空を歪《いびつ》に映していた。

水で腹を満たすとふたりはそのまま仰向けになって眠った。ユーリは、飲みすぎたせいか、寝ながら二度戻していた。

その後は極力川に沿って歩いた。山を越え田園地帯を越えた。木々があるところでは比較的容易に食糧を入手できた。飢えが癒えたとき、ふたりは長く言葉を交わしたが、内容にほとんど意味はなかった。自分がひとりでないことを確認するためだけに行われた会話。互いが互いの反応を見ることだけを期待して言葉を発した。ユーリが笑うとモモは安心した。彼にも安心してもらいたかったので彼女も笑うようにした。

川から遠ざかる方向へ進むとき、ふたりは常に水の心配をした。数日も雨が降らなければ渇きで死ぬ恐れがある。だから行く先に集落のような場所があると、まずは井戸を探した。注意しなければならないのは、そこにいるかもしれない人々に見つかってはいけないということ。村人ですら危険だが、そこを統治する青年同盟員に見つかればおしまいのはずだった。

集落に近づくと、まず周辺に煙草の吸い殻が落ちていないかを確認した。ユーリが手に載せてきた三つの吸い殻は新しいとも古いとも見分けのつかない微妙な程度のものだった。ふたりは渇きに負けて村に進み入り、井戸を使った。さいわいにも周囲は静かなままだった。

井戸から汲み上げた水には小さな白い生物が浮いていた。モモは着ていた服の端を水筒の口に被せ、水を濾《こ》した。透き通ってはいたものの、妙なにおいがついていた。火を熾し、沸騰させたあとでふたりはそれを飲んだ。余った水で顔を洗うと茶色い雫が地面に垂れた。

去る際には、村に寄ったときには毎回そうするように、墓地を通った。生きた人間が付近にいるのなら供物があるかもしれない。それはたいてい腐ったり黴《か》びたりしていて食べられる状態でないことが多いのは知っている。しかし稀に、乾燥した気候のおかげで、食べるのに適した状態で保存されていることもある。この村の墓地にもそういうものはあったようだ。しかし先客がいた。カラスたちが食い散らかしている最中だった。彼女はその黒い鳥に石を投げた。追い払おうとしてというよりは仕留めようとして。カラスを食いたいと思ったわけではないが、喰う喰わないは撃ち墜としたあとで考えればいいこと。石は鳥には当たらずに空を切り、墓石のひとつに跳ね返ってあさっての方向へと飛んだ。カラスたちは去った。土の上には食べかすが残っていたが、腹の足しになるような量はなかった。

生存に関する不安は尽きなかった。足りないものはあまりに多い。こころがそわそわして落ち着かないとき、モモはしばしば父親が不安について語った日のことを思い出した。聡明でなく博識でもなかった父親が珍しく哲学的なことについて弁を振るったので、その話は深く印象に残っている。

不安こそが我々を象っているのだ、と父親はいっていた。不安だから人々は物理的、心理的な壁を拵《こしら》え、不安だから口を閉ざし、不安だから目立つことを避けて平凡な道を選ぼうとする。そうして不安が周囲を黒く塗り潰したあと、大洋に佇《たたず》む小島のようにぽつんと残った生活こそ、我々が日常と呼ぶものなのだ、と。すなわち人生とは不安から逃れるための徒歩行なのだと父親は強調していた。忍び寄る影から逃れるためには、立ち止まらずにどこかへか向かうしかない。

おそらく父親は、農業を愛していた一方で、その仕事にどうしようもない閉塞と不自由を感じていたのだろう。天候や疫病の理不尽から逃れられない宿命に、そして、もっとも大事なものを持ち運んで逃げることのできないもどかしさに。きちんとした職業に就けるようこどもたちによく学ぶことを推奨していたのも、潜在的な不安の裏返しであったと見ることができる。一般的な職能は農家の抱える土地とはちがってどこへでも持っていくことが可能であり、その一点だけにおいても、父親の目には輝かしく映っただろうか。

本業の傍らに副業として家具作りをやっていた理由の一部にも、農業という仕事にしばしば訪れる受動的な困難さがあったかもしれない。悪天の日、または極寒の季節、大自然に抵抗する手段を持たない農夫は家の中で募る焦りと不安にただただ耐えるしかなかった。なにか手を動かして金を生むかもしれない作業を発見したのには、ある種の必然があったのだ。
いまの自分がこの不安を解消するためにできることはなんだろうかとモモは考えを巡らせた。隣にいる少年の手を握ること以外には思い浮かばない。しかし自分はいつまでこの友好を維持できるだろう。こころの余裕がなくなったなら、彼にも非情さを見せるだろうか。

3

逃亡の道を歩みはじめてからの歳月の経過を感じさせるのはユーリの髪の長さだった。彼の黒い髪はすっかり伸び、いまでは手で掻き分けなければ目を完全に覆って鼻にかかるまでになっていた。モモは彼の髪を切ってやろうとしたが、鋏《はさみ》はなかったのでナイフを使った。刃こぼれしていたので、うまく切れるかは疑問だったが、彼はそれでいいからやってくれといった。彼女は彼の髪を摑むと、手前に引いた。ぎちぎちと不快な音が立ったが、ユーリは痛みを感じていないようだった。縫い目の粗い鞄の端が解《ほつ》れるような感触のあと、左手に切り離された髪の束が残った。よくよく観察してみれば、刃物など使わなくてもちぎれそうなくらいには粗末な代物だった。ユーリの髪型は滑稽だったが、その点は問題にならない。髪が目にかからなければなんでもいい、と彼はいっていた。鏡はなかったので彼が自分の容姿を確認することもなかった。

モモもユーリに伸びた後ろ髪を切ってもらおうとした。彼は、一度はナイフを引き受けたが、やっぱり切れないといって手放し、彼女の背に顔を埋めた。刃物を手にして過去を思い出したようだった。振り返り抱いた胸の中で彼が涙を流していると知ったとき、モモはその少年が農村で生きるか死ぬかのつらい日々を過ごしてきたのだと理解した。彼女は彼に同情を覚えた一方で、この上ない愛おしさをも感じた。彼女は少年の脇の下から腕を回すと、オルセイが死んだ日にしてやったように、きつく抱きしめた。彼のからだは弟のからだよりずっとあたたかくて、その体温を感じているうちに彼女の目からも涙がこぼれそうになった。いまごろ弟は土の中で寒い想いをしているだろうかなどという、どうしようもない想像が頭を掠めて。彼女は弟にしてやれなかったぶんまで、自分の体温を腕の中の少年に分け与えようとした。

泣き止んだかと思えば少年は眠っていた。彼女は彼が起きるまでその場を動かずにいた。


夕暮れごろ、前脚を失くした牛のようなかたちの雲の隙間からまっさらな陽が射した。その橙色の光が降り注ぐと周囲のなにもかもが鮮やかに浮き上がった。朽ちかけた木も、枯れてしまった葉も、地面へと焼き付けられたそれらの黒々した影も。すべてが生き生きとした世界の一部として映し出されていた。モモは眼前の風景の美しさに見惚れたが、同時に、この美しさはまもなく消えてしまうだろうという残念な予感も抱いた。

予感の正しさはまもなく証明された。太陽が雲の陰に、ちょうど牛の後ろ脚だか尻尾だかの背後に、隠れてしまうと、それまで輝きを放っていた世界は一瞬にしてくすみ、色褪せてしまった。陽光に撫でられ艶やかな質感を醸《かも》していた木の幹はすっかり元の老けた様へと戻り、不健康な灰と茶の混じった冴えない色味を呈した。木の、ぼろついた厚い樹皮の上を、大きな蟻が二匹歩いていた。彼女はふたたび夕刻の光が大地に鮮明な色彩と輪郭とを与えてくれることを願いながら歩いたが、太陽はその願いを叶えることなく山の向こうへと沈んでしまった。

4

野山での食糧調達と野営とを繰り返し、ふたりはさらに北東へ向かった。

途中、荷車に乗せてくれる親切な男に出会った。

声をかけられたときには、自らの欲望のために女こどもを略取する者かもしれないと身を構えたが、後部に乗せられていた小さな娘たちがその男をパパと呼んでいるのを聞き、警戒を緩めた。

子を持つ親としてあんたたちのことを放っておけなくてな、と男はいっていた。

荷車が長い距離を移動するあいだ、モモとユーリは幌に覆われた荷台で彼のふたりの娘と話をした。初対面の者同士ではよくあるように、娘たちは自身や父親について積極的には語りたがらなかった。どこへ行くの、と訊ねても、うんと遠く、と濁すばかり。母親はどうしたのかと質問すると、娘たちは顔を見合わせ、同じ角度に首を傾げながら「ここにはいないけど、行く先にもいない」といった。それでモモは、もしかしたら母親が死んでしまったことすらも彼女たちは他人には語りたくないのかもしれない、と思った。

荷車の助力もあって、モモとユーリはとうとう都市の目と鼻の先のところまでやってきた。

都市からそう離れていない場所に自分たちがいるとわかったのは、遠くからその建物群を望めたからでなく、人々の往来を目にしたからでなく、列車の警笛を聞いたからでもない。空気の微細な揺らぎが変化の接近を感じさせていた。

足元に不可視の境界を見出すと、彼女はおもむろに立ち止まる。

一歩進めばこれまでとはちがう世界。留まればこれまでどおりの世界。

実際には、そこはごくありふれた路上の一部分にすぎない。境目も標もなく、おそらくは地図上のどんな線にも掠っていない。だが彼女には今後幾度となくこの瞬間と選択とを思い出すのだろうという予感があった。

5

ふたりはその夜のうちに目的の地にたどり着いた。

都市の様子は、想像よりずっと、おぞましいものだった。

命からがら農村から逃げてきた人々は相変わらず路上で飢え、寝転がっていたというよりは起き上がれずにいた。彼らにはもはや物乞いをする体力さえ残されてはいないようだった。さらに恐ろしいのは、都市をゆく人々がそれを見て見ぬ振りしていること。飢えたひとなど、どこにも存在しないかのような素振りで歩き去るばかりだった。

飢餓のせいで腹が膨れ上がった女性がひとり、動けずに涙を流していた。横になったその女性は周囲の人々に医者を呼ぶよう頼んだが、要望を聞き入れる者はなかった。それは人々が非情なせいであり、法律が変わってしまったせいでもある。いまや逃亡農民に医療手当を施すことは禁じられている。病に侵された農民は都市部にあっても助けを得られはしない。

モモは早くも都市にやってきたことを後悔した。ミハイルの忠告のとおりだ。どこへ行こうと助からない。最後には失望を抱えて村へと帰る。やはり自分の生まれ育った村で終わりを待つのが正しかった。

倒れたまま泣くその女性に同情した。このひともまたわずかな可能性に賭け、死を覚悟で村を飛び出してきたはずだ。こんな終わりはあんまりだと思った。モモは女性のもとへと近づき、荷袋から取り出した木の実を口に含ませてやった。だが女性には噛むことや飲むことはおろか、咥《くわ》えることすらできない。

「……お姉ちゃん」怯えたユーリがモモの服を引いた。「……はやくここを離れようよ」

しかしモモは動かなかった。そして女性が口を動かしているのに気づくと、自分の顔を近づけてその声を聞き取ろうとした。

「……医者を呼んで……おねがい」女性は囁いた。「脚が痛いの。痛いのよ脚が」

それは叶えようのない望みだった。モモは彼女の口に水筒から水を流し込み、もう一度食物を咥えさせた。結果は先と同じだった。口から水がこぼれたあと、女性は同じ言葉を繰り返した。

「医者を呼んで。脚が痛いの。痛いのよ脚が」

そして、すこしずつ静かになった。

6

ふたりは広場を離れたあと、孤児院と呼ばれる施設の前に行った。それは建物というより、都会の隙間にある塀付きの空間にすぎなかった。手前の道は親を失ったこどもたちでごった返していて、集まった子らを怒鳴り散らす大人は武器を持っていた。

彼らが交わす言葉を聞くに、ここに並んでいるこどもたちの親のほとんどは富農のようであり、それゆえすでに殺されたか僻地に送られたかしたようだった。似たような境遇のこどもたちがいることに安心を覚えた一方、やはり孤児院は期待できない場所だという思いは強くなった。改革に効率を求め、農業集団化のために富農を排除していった国が、どうしてその孤児を丁寧に養うなどという非効率をすることがあるだろう。

「……僕たち、ここに入るの？」ユーリが訊いた。

モモは首を振った。

そうしてふたりは、しばらくは自力で生きてみることにした。

混乱期の都市においてこどもふたりが日々命を繋ぎとめる。当然ながら、それは容易なことではなかった。明くる日の荷袋に残っていたのは木の実がひとつとからっぽの水筒、そして地図だけで、木の実をユーリに食べさせてしまうと食糧はおしまいになった。食べ物の不足についてはさほど案じなかった。はるばる都市までの大移動を遂げたモモにはある種の楽天思考が宿っていた。なにしろ、これまで幾度となく飢えに命を奪われかけたことはあり、彼女は都度それを乗り越えてきたのだ。

だが都市は田舎とは異なった。周囲に森はなく、山はなく、動物もいなかった。


痩せ細った農民たちがやるように、モモとユーリもまた広場で物乞いをした。しかしあまりにもたくさんのひとが同じことをするせいで、幸運に与れる望みはほとんどなかった。

モモは疲れていた。もはや生きるとか死ぬとかは関係なく、ただただ眠りたかった。横になればいくらか楽になるとわかっていたし、目を閉じればさらに楽になるとわかっていた。

だが、自分はまだ生きなければならない。隣にはユーリがいる。彼の母親のためにも、ここでこの少年を飢えさせるわけにはいかない。

7

まともなひとが集まっている場に姿を晒すことについて、なんの恐れも抱かなかったわけではない。自尊心を傷つけられるのではないかと考えるだけで脚が震えた。とはいえ、モモのまともな思考の一部は、生きるか死ぬかの問題に直面していながら恥を恐れるのはおかしなことだとも捉えていた。

その夜に訪れたのは街角の小さな食堂だった。数人の客がおり、厨房ではふたりの女性店員がそれぞれ皿洗いと調理をやっていた。モモとユーリが食堂に入ったとき、客の全員が怪訝《けげん》な目でふたりを見た。もともと騒がしくもなかった空間がいっそう静かになったのがわかった。モモは彼らの視線を気にしないよう努めつつ、ユーリを引き連れて厨房内へと進み入り、そこで働いている女たちにいった。

——この子のお母さんを捜しているのです。ここに来る客の中に彼の母親らしき人物のこころ当たりはありませんか。

そうしてユーリが店員たちからの関心を引いているあいだにモモが厨房の食材を盗む。それが計画だった。盗めば追われもするだろうが、故郷の集団農場にて生きるか死ぬかの窃盗を繰り返していた彼女にとって、その程度の危険はいかにも取るに足らないこと。

しかし現実には、モモが企《くわだ》てたようには物事は進まなかった。まるで相手にされなかったのだ。厨房の女たちは小汚い身なりで現れた少年少女を一瞥《いちべつ》したきりで、事情を聞こうとはしなかった。この都市で嘘をつくこどもたちはあまりに多いのだとモモは知った。自分たち同様、置かれた状況を偽り、食べ物を掠め取ろうとする子らは多くいるにちがいない。

計画がうまくいく見込みがなくなったと気付くと、モモは開き直り、強引に食材を奪おうとした。だが食器を洗っていたほうの女に濡れた浅い鍋で肩を殴られ、その試みは終わった。

「出ていきな。警察を呼んだっていいんだよ」

厨房から追い出されたあと、客のひとりが声をかけてきた。きちんとした服装の中年の男だった。肩幅が広くがっしりしていて、胸ポケットからは勲章のようなものが垂れている。彼はモモたちと厨房の女とがこれ以上事態をこじらせないようにとあいだに入った。浅い鍋を手に握った女が退いたあと、中年の男は椅子に腰掛け、酒の残りを呷《あお》った。

「あっちでの話がこっちまで聞こえたよ」と彼はいった。「きみはお母さんを捜していて、こっちのきみは彼がお母さんを見つけるのを手伝ってやっている、そういうことだったかな」

モモは小さくうなずいた。出来のわるい嘘だと思ってはいた。

「そうか。それは困ったことだ。見つかるといいな」中年の男はシャツの袖の留め具を弄り、ため息をついた。それからテーブルの上に残っていた皿とボウルを押し出し、いった。「ここへは二度とこないほうがいい。他所でお母さんを捜しなさい。いいね?」

彼は自分の隣の椅子を引いた。食べていけという合図。だがモモは早くこの場を去りたかった。ユーリの前で恥をかかされたと感じていた。彼女は下を向いたまま、あらためて自分の身なりのどうしようもなさに失望した。どこからどう見ても農民なのだ。細い腕。腫れた脚。日焼けのせいで浅黒くなった肌。こんなからだであんな嘘が通じるわけはない。なにしろからだには生涯消えることのない農村での暮らしが深々と刻まれている。

ふたりは椅子には腰掛けず、皿とボウルを抱えて食堂から逃げた。

あまりの空腹ゆえ、手に入れた食糧の味など考えず腹に流し込んだ。縮みきった胃に大量の食べ物を収めてはいけないと頭では理解していたものの、自制することはできなかった。食事の反動でからだがどうなろうとも構わない、その瞬間にはそう思えた。すべてを食べ尽くしたあと、ふたりは仰向けに倒れた。そこは建物と建物の隙間の薄暗い場所で、ひどく毛の抜けた猫たちがうろついていた。猫が足場代わりにするごみの山はいまにも崩れそうだった。

「おいしかった」とユーリはいった。「こんなにおいしいものを食べたのは、ひさしぶりだ」

すこし時間が経つと、モモは食べた物のことを冷静に考えられるようになった。彼女は舌で唇を舐めながら皿に載っていたマッシュポテトを想った。自分でそれを作ったことはある。まだ母親が生きていたころの話。牛乳を加えながら茹でたじゃがいもをひたすらスプーンで押し潰す、たったそれだけの作業だったのに、当時は自分が料理を作ったという達成感で胸がいっぱいになった。ボウルに入っていたのはほうれん草のスープ。彼女は濡れた袖のにおいを嗅いだ。走りながらこぼしたぶんがまだ染みていて、袖を嚙むとかすかにバターの味がした。しあわせだったが、かえって空腹はひどくなった。

「あしたは食べるものがあるかな」とユーリはいった。モモが答えずに黙っていると、彼は「あるといいな」と続けて話を完結させた。

明日も食糧がある見込みはすくなかった。

モモは、自発的に行動を起こさなければ生き残れない現実を受け入れはじめていた。

「こうなったら、もっと盗みをうまくやっていくしかないみたいね」

彼女はいった。

「私たち、強く生きなきゃ」

8

故郷で暮らしていたころ。姉のアンナは他人を踏み台にして自分を利することの卑怯さについて常々口にしていた。騙されようとも騙してはいけない。陥れられようとも陥れてはいけない。盗まれようとも盗んではいけない。

モモは姉のそういう意見を偽善的だと思っていた。こんな世にあって適切な助言ではない、と。

そして実際、自分の思ったとおりだった。もはや都市部では盗みをせずには生きられないのだ。同じひとは二度とは食べ物を恵んでくれず、狡猾《こうかつ》な手段に頼ってでも自力で入手しなければ餓死することは避けられない。

彼女たち同様、路上で暮らすことを選ぶ少年少女は多かった。彼らはたいてい仲間のような顔をして声をかけてきたが、目つきは明らかに略奪を行う対象を品定めする者のそれだった。

その少年たちはみな食べられるものを盗むか、盗んだものを売るかして日々を送っていた。彼らと同じ場所で過ごすうちに、ふたりもまた彼らのようになった。盗み、他者を欺《あざむ》く術を覚えたのだ。誠意が生きるための役に立たないことも知った。環境への順応、成長、堕落。呼び方はどうあれ、こころはもう痛まなかった。

モモは周りのこそ泥たちから多くを学んだ。裕福な人間を見分ける方法を知り、その家に侵入する方法を知った。留守を狙って金品を盗むのは難しいことではなかった。

豊かな大人、とりわけ政府関係者の家には、時期にも拠ったが、それなりの蓄えがあった。黴《かび》の生えていないパンにベーコン、ワイン。食糧に比べて煙草は潤沢だった。反対に石鹸はすくなく、彼らすらも大事に使っているのだとわかった。洗面台の上には、川岸の丸みを帯びた小石みたいな形状のそれが慎ましく置かれていて、ほとんど制服のボタンと変わらない程度の大きさしかなかった。保存の利く缶詰は、金か宝石でも隠すみたいに、戸棚の奥にしまわれていることが多かった。盗みをするとき、彼女はたいてい腹を空かせていたので、見つけ次第に食べ物を頬張った。その日はチーズ。おいしいとかまずいとかは考えなかった。彼女は普通のチーズがどんな味かをあまり覚えていなかったので、硬くていやなにおいがするという以外の感想を持たなかったが、とはいえここに至るまでに口にしたあらゆるものは硬くていやなにおいがした。

鍵を破る技術が身についたころ、モモとユーリは古い空き邸宅に侵入し、そこを新たな拠点とした。はじめて中に入ったとき、床は埃塗れで、歩けば足跡がくっきり残った。

モモは窓辺に行った。遠くを望めることを期待したが、見えたのは正面の建物の汚い壁だけだった。

彼女は荷袋の中身を窓の下枠に並べた。くたびれた地図に刃こぼれのあるナイフ。からっぽの水筒。いくつかの朽ちた葉のかす。布。それから盗品を捌いて得た金と、金に換えきれずに手元に残ったままの盗品。指輪。首飾り。ショール。葉巻。時計。

彼女は盗品そのものには興味を持たなかった。食べられるか否かだけが重要で、食べられないのならがらくたと同じだと思っていた。しかしそのがらくたを欲する者もある、だから捨てずにおくだけだ。

モモはナイフとショールだけを手に取り、他はそのままにした。ナイフは衣服の内側に隠し、ショールは部屋の隅にいるユーリの肩にかけた。ゆっくりとお休みなさい、と彼女は彼の耳元で囁いた。久しぶりにまともな場所で寝られるね。

お姉ちゃんも寝る？　と彼は訊ねてきた。

寝るわ。やることをやったら。

身を寄せ合って数分後にはユーリは眠ってしまった。彼の顔は健康的な紅みを取り戻しつつあった。かつては魚のようだった顔に、普通の少年の面影が戻りはじめていた。握った手は彼女の想像よりもずっと薄かった。彼女は暗闇で彼の手に触れながら、目が不自由なひとはこんな感じに物を知っていくのだろうかと考えた。

盗みをやるようになってからは、盗みをやるようになる前よりは食えた。もちろん盗品は自分たちでは捌けないので上りの大半は他のこどもたち、都市の事情に通じた狡猾な盗賊、が持っていってしまう。それでも、ふたりの手元にはまずまずの金が残った。

モモは、もしかしたらこの先もふたりで生き延びていけるのかもしれないと考えた。盗みはたしかに正しくないことだが、しかしこの世に正しいことがどれほど残っているだろう。

都市にくればあらゆるものは豊富に存在すると以前の彼女は考えていたが、それは誤りだった。物資不足はあらゆる場面に顔を出し、政府の役人すら日用品の支給を満足に受けられない時期があった。

あまりに物流が滞るせいで闇市場は栄えた。多くの人間が蚤《のみ》の市で持ち物を売っていた。モモもそういう場に出入りしたことがあるので、自分から盗品を買い上げた少年たちがそこで捌き、多くを稼いでいることも知っている。極力他人の前に姿を晒したくない彼女としては、小さくない差益を持っていかれることになったとしても、彼らにその役割を任せたかった。

闇市場に、本来は国営商店で並ぶはずの商品が定価より高い価格で並んでいることも珍しくはなかった。不良少年から聞いた話では、闇業者は国営商店の管理者に賄賂を払い、商品を入手しているのだとのこと。

「いうまでもないけど、生き残るには私的な人脈が重要なんだ」とその少年はいっていた。「ほら、おれらだって互いに頼りながら不正なことして生きてるだろ? なにかのことわざにもあるとおりさ。人生に必要なのは百枚の紙幣より百人の友、ってね」

人脈。

モモは自分の交友関係について考えた。この都市において信頼できる人間が、ユーリを除いて、何人いるだろう。周りにいる不良少年たちは、はたして信頼に価するだろうか。もしも彼らが自分たちを見限ったなら、見えかけていた希望の光は途端に遮られてしまうだろうか。

なんとなく胸騒ぎがすると彼女は窓辺に戻り、先刻並べた品物を手に取った。折り畳まれた地図を意味もなく開き、ぶかぶかの指輪を小指や親指に嵌《は》めた。やることをやったら寝る。

ユーリにはそういったものの、やることなんて特になかったと彼女は知った。

9

モモの機転があれば、あるいは彼女ひとりなら都市で生き延びることはできたかもしれない。だが彼女には養うべき第二の弟たるユーリがいた。それは彼女に生きる希望を与えるかけがえのない存在であったと同時に、しばしば足枷《あしかせ》にもなった。彼は、当然ながら、モモほど賢くはなかったし、機敏ではなかったし、危機を察知する能力も未熟だった。

ある日、空き巣で一稼ぎしたモモが部屋に帰ると、あるはずのユーリの姿がなかった。彼女はユーリを探して街を駆け回った。探索をはじめて数時間後。不良少年らの吹き溜まりでとうとう彼を発見した。目の上には瘤ができ、鼻からは血が流れ出ていた。

ユーリが人質に取られたのはモモが稼ぎすぎたせいだった。彼女が多くを奪ったせいで、この界隈の大人たちは以前より盗みを警戒するようになった。少年たちは取り分を減らしたことで彼女を逆恨みしていた。

彼らのひとりは窃盗の被害者と通しており（モモは犯罪に手を染める者たちの築く人脈の広さには常々感心していた）、彼女を突き出せば褒賞を得られるよう話をつけてあるのだといった。

モモは少年たちと交渉し、窃盗の被害者が彼らに提供するよりもいい褒賞を提案した。具体的にはふたりが現在暮らす家とその中にある財産のすべて。彼女はそれと引き換えにユーリの解放、さらには自分たちについてなにひとつ情報を売らないことを彼らに求めた。

少年たちは話し合いの末、その提案を呑むといった。

ユーリが解放されると、ふたりは一目散にその場から去った。

ユーリは少年たちの前で多くを話しすぎたようだった。自分たちが農村から逃亡してきたこと、モモが富農の娘であることを彼らに教えていた。暴力が口を割らせたのだ。

「……ごめん。僕がまぬけだから……」

モモは彼を責めず、涙と洟水を拭いてやった。

「こっちこそ、護ってあげられずにごめんね」

状況を楽観することはできなかった。大人からの盗みだけでも厳罰を免れないだろうに、富農であることが加わったら最悪のはずだ。モモは、あの少年たちが、結局は窃盗の被害者に自分たちの情報を漏らすと確信していた。双方から褒賞を得られるとわかっていて、狡猾なこどもたちがそれをやらない理由はない。

彼女は、壊れてしまった、正確には彼女自身が壊してしまった人間関係を悔いた。人脈こそなにより重要と理解しながら、それを失うきっかけを意図せず作った。現在の失望は、砂糖の入った瓶が落下するのを視界に捉えるときに覚える失望に似ている。割れる瓶自体はどうでもいい、失われる砂糖についてもしかたがないと割り切れる。だが砕け散った容器から小さな粒が散らばったら最後、掃除は簡単には為されない。粒は隙間という隙間に侵入し、やがて望まぬ虫を誘き寄せるようになる。瓶に手がぶつかる前の時間に戻れたらなと思う。だが戻れない。もう瓶は割れた。家の秩序は変わるのだ。

彼女はいまからでも孤児院に入ってしまおうかと考えた。身を隠すには孤児たちに紛れるのが最善の策のように思えた。

しかし、いざ孤児院の前へと戻ると、その気は失せてしまった。夜の暗い路上にて、あちこちで囁かれる噂がほんとうであることを確認してしまったからだ。大きなトラックが施設の隣につけると、死体をたくさん積んでそこを出ていった。積んであるのが死体だとわかったのは、荷台から何体かそれを道端に落としていったから。特段珍しいことでもないらしく、驚く者はなかった。だれともわからぬこどもの死体を見つけて近所のひとがすることといえば、面倒くさそうに自分の敷地の前から蹴り出すことだけ。

モモは、かねてよりその実態を噂で聞き知っていたにもかかわらず、いざ目にすると言葉を失ってしまった。このように雑で不遜な手続きがほんとうに行われているとは思いもしなかった。これぞ富農の子らの運命なのだと悟った。孤児院とは名ばかりで、実際には処刑場だ。ただし撃ち殺しも首を刎《は》ねもしない。食糧を与えず、外に出さなければそれでいい。死んでゆくこどもたちのことを問題にするひとはない。なにしろ彼らを愛するはずの数すくない存在は、すでにこの世にはいないのだろうから。

行き場を失ったふたりは夜の街をさまよった。所持金は多くなかった。売れそうなものの大半は少年たちに渡した部屋の中に残してきていた。いまのモモにははるばる故郷から持ち出した荷袋さえなかった。

彼女は夜空に星を探した。たいして周囲が明るいわけでもないのに、その光を望むことはできなかった。

母親が死んだとき、姉は泣き止まぬ自分を励まそうとして「お母さんはいなくなったりしないよ」といっていた。「星になって、きっといつまでもわたしたちを見守ってくれる」

アンナの善意によって発せられた言葉であったことは明らかだったが、拗《す》ねたモモはその慰めを拒絶した。死者が星になるという発想を好かなかったし、そもそもそれはありきたりで安っぽい表現という感じがした。

ただ、いまのモモは母親の庇護を必要としている。お母さん、と彼女はこころの中で祈った。もしもオルセイとともに天から見てくれているのなら、どうか私とこの少年を助けて。


やがてモモとユーリは都市を流れる川の縁にたどり着いた。対岸では一定の間隔で配された街灯が煌々と輝いていた。高い建物はいくつもあったが、窓から光が漏れているものはすくない。みな自分の秘密を隠すみたいにカーテンを閉める。都市の人々はそうやって暮らしている。おそらくは、部屋にいることをすら他人に知られたくなくて。

ふたりは並んで座った。彼は小さな声で「お腹が空いた」といった。口をついて出るのはこの言葉ばかりだった。

モモはユーリの背をさすった。背骨がごつごつ浮き出た、まな板みたいに小さな背を。その骨と骨のあいだの窪みに指を這わせながら、彼女は自分が彼についてあまり多くを知らないことに気がついた。なにしろいつだって自分たちはすり減っていて、会話に労力を割ける機会は限られていた。しかし背に当てた手のひらから小さな心臓の鼓動を感じ取ると、彼についてなにかを知っているとか知らないとかは、あまり重要ではないと思い直すことができた。かつて故郷で飼育していた牛みたいなもの。語り合ったことがなくとも愛おしい存在であることに変わりはない。

ユーリは膝と膝のあいだに頭を挟んで下を向いていた。モモは彼が眠ってしまったのかと思った。だが暗闇から伸びてきた手が彼女の空いているほうの手を摑んだ。彼は「母さん」といった。いま触れているのが、モモではなく、母親だと信じているみたいに。

「お母さんのもとに帰りたい？」

モモが訊ねると、少年の頭は膝と膝のあいだで上下に揺れた。

彼女は彼の腰に手をかけ、自分のほうへと抱き寄せた。

「いつか帰れるよ。もうすこし国が落ち着いたら」

「いつか」とユーリはいった。「それまで母さんは生きてるかな」

見つめていた対岸に立ち並んだ街灯の明かりがひとつだけ消えた。すぐに点き直すかと思ったが、いつになっても光は戻らなかった。

モモはその後しばらくのあいだ、手持ちの金でユーリと生きた。しかし、ある日とうとう路地裏に警官が現れてふたりを捕らえた。本来なら、それでおしまいのはずだった。

10

モモにとって幸運だったのは、逮捕時の警官の口上によれば、自分たちが逮捕されたのはあくまで窃盗の罪によってであり、富農の子だという事実はまだ知られてはいないようだということ。

少年たちがその情報を意図的に伝えなかったのか。事の重要性に気づかずに伝えわすれてしまっただけか。いずれにせよ、知られずにいたのは運のいいことといえた。

ふたりが警官に連れられて行った先にあったのは、警察署には見えない普通のビルだった。中に入るとユーリとモモは引き離され、別々の部屋へと入れられた。

モモを聴取する警官は机を挟んで正面の椅子に着くと、帽子を取って髪の毛のない頭を撫でた。頭部とは対照的に、口周りは分厚い髭が覆っている。彼は背後に制服を着た青年を従えていた。

取調《とりしらべ》に際し、まずは食が提供された。

湯気立つ黄色い液体がトレイに載せられてやってきたとき、モモは自制を失った。歯車の壊れたねじまき機構の玩具のようにかくかく動きながらトレイごと両腕に抱え込むと、そのまま脇目も振らずにスープを貪った。スプーンを持つ手は揺れ、ボウルのふちに当たってがちがち音を立てた。掬《すく》おうとする液体がトレイの外に飛び出し机を汚しても彼らは文句をいわなかった。

彼女は抑制の利かぬ手を抑えようとはした。だが興奮は醒めず、やがて興奮を抑えようという意志さえ吹っ飛んで、最後にはボウルから熱いスープを直接呷った。舌や喉が焼けつく痛みすら愛おしく受け止められた。とうもろこしの粒を噛んであふれ出た汁の甘味は、故郷の家の台所に立つ母や姉の姿を彷彿とさせた。そうとも。うちは野菜だって作っていた。小さな裏庭は食物でいっぱいだったのだ。

飢えが癒え、安らぎが胸を占めると、後を追って猛烈な眠気が訪れた。しかし眠ることは許されない。彼らは質問するためにそこにいて、彼女は答えるためにそこにいる。

警官は、外国人を相手にするかのように、簡単な語彙《ごい》で経歴を訊ねてきた。

彼女はここに至るまでのいきさつを語った。国の成長政策のもたらした激変の波に呑まれ、両親と姉を失くしたこと。親がなくても暮らしていけるよう孤児院を訪ねたが環境がひどくて入れなかったこと。働き口もないこどもは盗みをすることでしか生き延びられなかったこと。

富農であること、真の弟は死んでしまったことのふたつを隠したことを除けば、概ね真実だった。

次に警官はどんなふうに盗みを繰り返したのかを語らせたが、それについては正直に述べるだけでよかった。不良少年たちから鍵破りの術を学び、人々を観察して金持ちを探る。標的のルーティンを調べては留守の時間を推し量って家から金品を盗む。

詳《つまび》らかに話したのは、相手を信じ込ませたいから。木を隠すための森を築いていたというより、嘘を希釈するために真実をどぼどぼ注いだ、そんな感覚だった。

その後、警官は手元の書類を参照してモモの特徴のいくつかを確認した。覗き見た限りでは容姿や性向に関するリストのようなもので、目の前にいる女がなにかの基準に合致しているかを探っているふうだった。

聴取を終えると警官は背後に立つ青年と顔を見合わせ、こそこそなにかを話した。青年は警官と席を替わって彼女の前に着いた。

歳は二十前後のようだったが、麗しい容姿のせいで実際より若く見えているような気がした。黒々した髪は油脂で撫でつけられている。威圧的に聳《そび》える鼻は見る者をなんとなく尻込みさせる。大きな黒目は奥を見透かされることを拒み、照明の下にあってもほとんど輝きはしなかった。

「きみの主張は、ある面においてはもっともなものだ」とその青年は語った。「親のないこどもたちは都市において犯罪に手を染めずには生きられない。多くの子は犯罪組織に加入する。若い反社会的勢力の一部となるんだ。彼らのほとんどはきみよりすこし上くらいだが、侮るととんでもなくてね。まるでひとを殺すことに抵抗を持たないんだ。常識がない、論理が通じない、おまけに失うものもない。つまり、彼らを思い止まらせるものはなにもないってことだ。だから刑務所に閉じ込めても傍若無人に振る舞い、他の囚人を痛めつけたり看守を半殺しにしたりする。解決のためには彼らを殺すしかないわけだが、なにせ不遇の子は多くてね。次から次に死を恐れないやつが湧き出てくる。ほとんど警官を困らせるためだけにやっているように見えることすらある。治安は一向によくならない」

「……不遇の子が多いのは国のせいではないでしょうか」

モモがいうと、青年は微笑んで「十五かそこらにしては賢い子だな」といった。「しかし他所でそんなことをいわないほうがいい。きみはまだ都会という場所を理解していないのだろうが、ここでは口にしていいこととといけないことがある。大人になるということは、そしてここの国民であるということは、つまりはその分別を身につけていくということだ。これはきみのための忠告だよ」

それを聞いた瞬間、モモの胸は冷たくなった。

実は、目の前の男たちには、自分の家系が富農の身分を有すること、一緒にいるのが本物の弟ではないこと、なにもかもがわかっているのではないかという疑念に駆られたからだ。

彼女はこのとき、ユーリに二度と会うことはないのだと悟った。

「まあなんにせよ」と目の前の青年はいった。「私がいいたいのはきみたちがそれらの犯罪組織に加入しなくてよかったということだ。彼らはいずれ一掃されるだろう。せっかくの生を国の発展のために費やさぬとは愚かなことだ。賢いきみは自分の命をむだにはしない、そうだろう？」

そして話は、暗い予感を裏付けるものへと移った。

「労働収容所、というものの存在は聞いたことがあるかな。逃亡不可能の苛酷な労働現場を想像してもらえればいい。都市部の犯罪者たちは監獄での聴取ののちにそこへ送られる。なに、案ずることはない。そこに行くことになるのはふつうは一定の年齢に達した者たちだけだ。しかし年少のこどものための労働収容所というものもあってだね、これがなかなかたちがわるい。なにせそこへ移送されてくる者の多くは先に説明したような常識の通じない犯罪組織の末端の少年たちだ。つまりきみの弟が、そこに何年いるかはともかくとして、収容期間中に殺されてしまうかもしれない。国にではなく収容者によって。私のいっていることはわかるかい？」

「……弟はまだ小さいです。働けはしません」

「働けないのなら慰みに使われるだろう」彼はいった。「私としても小さなこどもが残酷な目に遭うのは見たくない。だから、きみの弟をそんなところへは送らずに済めばいいと思うんだ」

「……」

「そこで、きみには国へ奉仕する人間になってほしい。国のために働くんだ」

「……もし私が国のために働いたなら、弟はそこへ行かずに済むのですか」

「ああそうとも。それがこちらからの提案だ」

それは断れぬ提案であり、望みなき提案であった。モモはうなずいたが、彼らが今後一切ユーリの生死については明かさず、人質とし続け、自分に忠誠を植え付けるのに使うことはわかっていた。彼らがユーリを自分のもとに帰す理由など、ひとつだってありはしない。

青年に耳打ちされた警官が部屋を出て行って数分後。隣の部屋の扉が開かれる音が聞こえ、直後には数人が廊下へ出たのがわかった。

――ユーリがここを連れ出されていく。

それが今生の別れであることに気づいていないのはユーリだけで、ほかの全員がそれを知りながら表面ではなにも気づいていないふりを続けている。

モモは残酷な別れのなんたるかを知った。状況を劇的に見せず、境目をはっきりさせず、可能性だけはぶらさげて曖昧《あいまい》なままに見えないところへと連れていく。その後は時間が互いを希求するこころを弱めるのをひたすらに待つ。

最後にユーリと交わした言葉はなんだったか。彼女に思い出すことはできない。ただひとつたしかなことは、その言葉を交わしたときには、それが最後の言葉になるだなんて考えもしなかったということだ。

「……では約束してください。私があなたがたのいうとおりにすれば、弟はかならず無事でいられると」

「無事かどうかは保証できないが、しかしきみたち姉弟に誠意を持って接することは約束しよう」

その約束もまた、互いに上辺だけのものと知っていた。

取調を終えたあと、モモは建物内の一室に閉じ込められた。ドアの前からひとの気配が消えると彼女は着ていた服の袖を噛み、寝台の上の弾力のない敷布を拳で叩きながら嗚咽した。

ユーリがなにも知らず、なにも気づいていないことは、はじめは救いだと思っていた。だが実際には、そうではない。自分たちは別れさえ取り上げられてしまったのだ。いつか会えるかもしれないという淡い期待を彼は持ち続けるだろう。今後の長い人生のどこかで感動的な再会が訪れると信じるかもしれない。そして死ぬ間際まで、その期待が幻想に過ぎないことには気づかないのだ。だからこそモモは、見慣れたユーリの無垢な、多少間の抜けた笑顔を思い浮かべると、その笑みゆえに生まれるかなしみを抑えることができない。

彼女は悔しさと怒りの入り混じるどす黒い感情を処理できず、まるまる一晩を泣き明かした。

第二部

〈D〉1934年から1935年

1

取調より数日後。モモが連れていかれたのは青年同盟員の教育施設だった。

国内各所で混乱が生じた結果、青年同盟員が不足気味だという噂を耳にしたことはある。この際、人員不足を補うためにならば富農の子であることは気にかけないことにしたのかもしれない。その証拠に、施設に集められた同年代の新人の中には農村の訛《なま》りで話す者が多くいた。国によって親を奪われたこどもたちが国の手先になるのだとしたら、皮肉なことだと彼女は思った。

新参の青年同盟員たちに割り当てられた任務とは、国内各所に散らばって諜報員になること、すなわち、隠れた敵を見つけて密告する役割を負うことだった。壇上の人物は「きみたちこそ、きょうよりこの国を敗戦から救うための情報収集を行う人員なのだ」という表現を使った。

演説を聞いて、先に行われた取調についてモモが抱いていた疑問は晴れた。つまり、どうして自分はあのように丁重に勧誘されたのだろうか、ということについての。本来、警官や青年同盟員がこどもを支配下に置くのは、もっと簡単であったはず。殴ったり脅したりすればいい。だが彼らはそういう手段を用いなかった。おそらくは敵対心を抱かせないためであり、穏やかな忠誠を植え付けるため。彼らの求める特徴に合致する人材であったとして、富農の子となれば勧誘の仕方に注意を払うのは自然なことに思えた。なにしろ親を国に奪われている。より直接的に加入を促されたのなら、たとえ拷問の憂き目に遭うとしても、断固として拒絶したことだろう。

そして彼らの丁重な勧誘は、からだに傷をつけないためでもあったにちがいない。諜報活動の展開を想定するなら当然で、その顔に痣があったりしたら大人に動かされていることを悟られてしまう。

「我々には、すべての潜在的反対派を殲滅《せんめつ》しておく必要がある」と壇上の人物はいった。「怪しい人物を見つけたら、ただちに排除しなくてはならない」

国の情報を漏らす存在。敵国のスパイ。国民の士気を下げようとする者。

総称して「人民の敵」を炙《あぶ》り出し殲滅する。

それがそこに集められた少年少女たちの新たなる仕事となった。

2

青年同盟員の多くは、すべての潜在的反対派を殲滅するという党の方針は行き過ぎなものだと考えていたはずだが、いまやだれも他者の前で個人の見解を口にするなどという愚かな真似はしなかった。おかしなことをいえば自身が敵性分子と見なされかねない。ゆえに大半の同僚たちは寡黙に、内省的に、なっていった。

青年同盟の思想を吹き込まれた新人たちは国内のあらゆる場所へ散っていった。学校や工場。農村。公共食堂。彼女らが「人民の敵」と見なすのは、ありていにいえば国の悪口をいった人間だ。国の思想に疑問を抱き、不満を漏らし、周囲の士気を下げる者たち。若き青年同盟員たちはそういう人々を見つけては精力的に密告を行った。たいていは上の者からの承認を得たいがために。または報奨のために。あるいは真にそれが国のためになっていると信じて。

モモは庁舎とその近辺の清掃の職を受け持たされた。清掃員とはたしかに情報収集向きの仕事だった。地面を掃くふりをして誰彼なしに近づけるし、気になる会話があれば留まれる。もちろん囁きの民たちは他者が近くにいる場では発言に注意を払うものだが、しかし清掃員しかいない場とあっては油断も生まれた。彼女はだれの意識にも深く残らない程度に実在性を希釈できた。

男たちの愚痴。女たちの世間話。労働者たちの不満。

モモは「人民の敵」を探りながら、人々の会話を通じて世間を知っていった。

3

各地に散った若き諜報員たちの存在は、世に沈黙の秩序をもたらすのに極めて有効に機能した。寡黙な民はさらに寡黙になり、不平不満を公にいうものはめっきり減った。

モモは清掃員の職に就く明確な期限をいい渡されてはいなかったが、やめろといわれるまではこれでいいと思っていた。同僚たちは別の身分、たとえば役所の事務職や研究助手になることを望んだが、彼女はそういうのを必要としてはいなかったし、仕事は地味で目立たないほうがよかった。

それに、密告も得意ではなかった。昇進を欲する同僚たちは手柄を上げるべくあることないことでっちあげるようになり、彼らのせいで幾人もの無実の人々が犠牲となった。また、適当な報告をした科により青年同盟員の何人かが消えた。いずれにせよ、密告がひとの数を減らすことはたしかだった。

モモは無難に活動したつもりだったが、上司からはその控えめさと仕事の正確さをすぐに気に入られた。結果、他の役職をいくつも持ちかけられるようになったが、彼女はその都度拒んだ。

清掃の仕事そのものは、決して愉快なものではなかった。路上で生活する人々の排泄物を始末することだけでなく、飢えて斃れた者たち、夜中に孤児院から出たトラックが荷台から落としていった死体を墓地に運ぶことまでもが業務に含まれている。オルセイやユーリと同年代の少年の遺体が道に落ちているのを見るたびにモモの胸は痛み、その痛みをかき消そうとしては清掃の作業に没頭した。

このおかしな世界で彼女にできるのは、こころを鈍くすることだけだった。

繊細さと感傷は青年同盟に入った日に捨てさせられた。

汚染と清掃の循環は苦痛と忘却の循環も同じだった。

4

青年同盟によってモモに与えられたのは三階建ての共同住宅の一室で、ひとつのフロアには薄い壁で隔てられた大小七つの部屋がコの字型に配されていた。部屋には鉄製の寝台と小さな戸棚、物書きのための木製机があるきりで、トイレと風呂とキッチンは中央の共用部にのみ存在した。

モモに割り当てられたのは階で最も狭い部屋だが、ひとりで暮らすには十分な広さだった。なにしろふたつ隣には、彼女の部屋よりすこし広い程度の空間に五人家族が住んでいる。

住みはじめたばかりのころ、周りの住民たちは新顔たるモモの正体を見定めようと、直接的または間接的な詮索を繰り返していた。モモは彼らには偽りの経歴を語った。兵士と結婚してこの住居に住むことになったのだ、と。ひとりで部屋を悠々と使うことに対する妬《ねた》みから逃れるため、そして彼女自身が監視する側の人間であることを効果的に隠すため、そういう嘘も必要だった。実際、都市に逃れてきた者が住む場所を求めて偽装結婚するのはありふれた話だ。正当な身分証を持たない者は住宅を借りることなどできないがゆえ、金を払ってそれなりの身分に就く人物、多くの場合は兵士、なにしろ遠くへ行ったきりで部屋に帰らないことが多いから、に金を支払うことで住処を手にしている。書類上は結婚していても、数えるほどしか顔を合わせたことのない夫婦たち。モモもそういう人間のひとりだと、周囲には思わせておくことにした。

このような共同住宅は、かつては住宅不足に対処するためのものだったというが、数年前よりその役割は変化した。共同住宅は、いまや国が個人の生活を監視するための手段として使用しているのが実情であり、ゆえにモモにとって、そこは生活の場であると同時にもうひとつの仕事場でもあった。

フロアの共用部には一台だけ電話があったが、彼女はそれを使わなかった。住民のだれかしらが電話の使用を陰から監視しているから。それはモモが仕事でやるような思想確認のための行為ではなく、単なる使用料の公平な分担のための行為であり、同時に、下卑た好奇心に端を発する行為でもあった。電話での会話はそのすべてがだれかしらに聞かれていると考えてまちがいなかった。ゆえに彼女は、密告には手紙を使うようにした。それは盗み聞かれる危険を減らせると同時に、こころの重荷を減らせる形式でもありえた。書いているあいだにはためらうことがあっても、投函するときの痛みは一瞬で済む。寝る前に書いて翌日に出す。眠りを挟めば自ずと迷いも消化された。

密告によってだれかを逮捕するには、客観性の確保という建前のためにすくなくとも三件の報告が必要ということになっていたが、実際のところ、それはあまりに形骸化した手続きだった。モモが手紙を送った先の組織の人間が、彼女の密告を裏付けるためのもう二通を書く。システムはそんなふうに構築されていた。青年同盟だけでなく、どこの個人も同じ要領でそれをやった。つまり、気に入らない人間がいれば自分が一通を書き、親しき人間ふたりにそれを支持する文書を書かせるといった具合で。このころには、逮捕する側が細かく事実確認をしないことは、ほとんど公然の事実になっていた。

部屋では密告の手紙のほか、しばしば日記を綴《つづ》った。青年同盟員としての身分を有すようになって以来、モモは日々を記録する習慣を持つようになった。静かすぎる現実とは別の世界を内側に求めたのが発端だ。肚を明かせるような同僚はおらず、友人だと思っていた者たちはみなそうでないとわかった。周囲の人間は例外なく余所余所《よそ》しく、こころの裡を見せようとする者は皆無だった。まるでモモになにかを話せば、次の日には歪められた上で報告されるとでも思っているみたいに。とはいえ、かくいう彼女自身も同じように他者の悪意を疑ってはいたので、こういうことが起きる必然は理解できなくもない。恐怖が別の恐怖を生む、という言葉があるが、それに倣《なら》えば現在の都市は、悪意と疑念を連鎖的に生産することにかけては世界有数の工場といえた。

共同住宅に住む者たちは同志というよりは敵だった。みなが他者の粗を捜そうとしていた。このおかしな社会が育んだ強迫観念により、自衛のためにはまず他者を観察する必要があるとでも思い込んでいるように見えた。

彼らを欺く過程でモモは現在の身分や過去を偽ったが、そうして自分以外の何者かのふりをしていると、ますます真の自分を見失いそうになった。ありもしない過去を語るうち、農村にいたころの自分を現在の自分が消し去ろうとする感覚がどうしたって芽生えてしまう。

やがて彼女はだれとも話さないことを選ぶようになる。

沈黙。都市に生きる多くの者が自ずと身につけていく技能。

交流を分断し個々人を孤立させる。国にとっては好ましい状況であったにちがいない。民衆が団結したときに生じるちからは、ときに国家の基盤を揺るがしてしまうから。黙っているのは難しいことではなかったが、つらいことではあった。ユーリがいてくれたらな、と彼女はことあるごとに思った。彼が相手なら多くを語れただろうに。

日記の文章は、あたかも他者に読んで聞かせるための手紙のような体裁をしてはいたものの、実際のところだれに読み聞かせる予定もなかった。ノートに日々の記録をつけるようになったのは、自分の意見を表出させる習慣とちからとを身につけるべきという母親の教えが懐かしくなったからであり、書くという営為の中に故郷で姉や弟と囲んだ六角形の食卓を思い出したかったからでもある。

彼女は字を丁寧に書いた。それもまた母親の教育の一部だった。あなたに必要なのは時間よ、モモ。書く時間にも思考と観察とがあるのをきちんと認識しなくちゃ。それに、焦って書いたらすぐに疲れる。長くは書き続けられなくなってしまう。大切なのは継続よ。書くのが嫌にならないよう工夫するの。それができれば、あなたはきっと何行も何十行も書ける。

ノートのページが捲《めく》れないよう銀色の腕時計、自身が密告し連行された人間の遺物を拾ったもの、を重しの代わりにした。それが腕時計の唯一の用途だった。年齢不相応の品を人前で身につけることはない。嫉妬と怒りを買ってしまうものだから。

慣れないうちはなにを書くべきかわからないことが多くあった。語りたいことがあったとしても、ペンを握ったそばから立ち消え、単語ひとつ書き記すのにも難儀する。そんなとき彼女は、自分の裡に主張というほどの主張はないのだと知って幻滅した。あるのはただ、主張したいという主張だけだ。

やがて日記の習慣にからだが馴染みはじめると言葉を綴る苦労は減った。ペンの速さに比例して記載される言葉は攻撃的になっていった。モモは著述の中で党を批判し、青年同盟を批判した。こんなものを見つけられてしまったら、たちまち逮捕されるにちがいない。だが背徳感がもたらす気の昂《たかぶ》りはペンの勢いを止めなかった。インクがかたちづくる文字は、自身の信念がまだ完全には消えていないことを思い出させてくれた。彼女はたしかにノートの中に自分だけの小さな世界を見出した。そこでは常に強くいられた。

とはいえ、自分が逃げ込む日記の世界が、陳腐な虚構のように感じられることもある。こんなものは所詮まやかし。自分が欲しているのはほんとうの仲間だ。

5

一九三五年。青年同盟に加入して一年が経った。

多くの変化があった。まず、あれだけたくさんいた同僚はずいぶん数を減らしてしまった。彼らの多くは地方に派遣され、地元の若者と徒党を組んで富農を撲滅しようと試みていたわけだが、その過程では農民の激しい抵抗に遭い、すくなくない人員が命を落とした。

現在、諸所の農村に派遣されている青年同盟員たちに降りかかっている災難は局所的な大飢饉であり、それこそモモの故郷を襲ったような食糧難が多くの地域で顕在化していた。食糧生産が割り当て目標に達しない地域は配給を打ち切られた。なにもかから見捨てられようとしている地がいくつもあった。

モモは地方で困窮する青年同盟員のひとりから手紙を受け取ったことがある。そこには農村の惨状が綴られていた。

〈食べ物を巡った諍いが絶えないだけにとどまらない。ひとがひとを食べるために殺しをするようになっている。党に食糧を支援するよう、きみたちからもいってほしい〉

モモだけでなく、他の同僚も同じような手紙を受け取っていた。党に直接送っていないのは「これまで何通となく書いたが悉《ことごと》く無視された」からだと記してあった。

求められたとおり、モモは上司に手紙の内容を報告した。

すると翌日、彼女たち何人かの青年同盟員は上司の上司に呼び出された。

一堂に会する部屋でモモは、手紙を受け取った同僚たちとともに、これらの手紙が一通残らずすべて捏造された物であることを認めさせられた。現在のこの国の国際的な立場を思えば、飢饉が存在する事実を認めるのが好ましいことでないのは明らかだった。

命令を最初に拒んだ者はその場で撃ち殺された。

死体がひとつできると、残った者はみなが手紙の内容が虚偽であると認めた。

その後も引き続き地方からの手紙は届いたが、だれも上司に報告はしなかった。

手紙が途絶えたころ、彼女は助けを求めていた同僚が死んでしまったのだと知った。

6

ある日。庁舎前の広場を清掃しているとき、モモは農村の出とわかる青年のひとりに目を留める。陽に晒されて汚れた肌と、歪に突き出た肩と腰。不格好な手足。年齢は自分とほとんど変わらないように見える。彼は、都市に逃れてきた農民がいつかはそうなるように、地面に這いつくばっていた。

農村から逃げ出してきた者はうんざりするほど目にしていたが、それでもモモがその青年に特別な注意を向けたのは、奇妙な行動をしていたから。彼はなけなしの食糧を、同じく路上に伏す老いた女に分け与えていた。

飢えた者が飢えた者に食糧を遣る。それはいかにもばかげた行為に見えた。だが振り返ってもみれば、彼女自身も都市に出てきた日には同じようなことをしていた。

彼女は青年の行動を観察しながら、他国からのスパイである可能性について考えた。この国の都市にあふれる情報を拾いに来た者。農村出身のなりは目くらましに過ぎない。実際、農民の変装は理にかなっている。なにしろここではだれもが彼らを放っておく。飢えた者に食糧を分け与えていることも筋が通る。つまり、飢えているふりをしているだけで（飢餓の容姿の模倣と作り込みは見事だ）、どこか別の場所に十分な食糧を保管しているにちがいない。

モモはその青年を注視した。敵国のスパイであるのなら報告する必要がある。国の発展に尽くしたくなどなかったが、みすみす敗戦に陥らせるつもりもなかった。

しかし彼女の予想は外れた。

彼は食べ物を手放したあと、その場から起き上がらなくなった。

7

青年を目の前で死なせるのは忍びなかったので、モモは一時的に彼を匿うことにした。

朦朧としている青年に肩を貸しつつ共同住宅に帰ったとき、ポーチで屋敷番と顔を合わせた。庭を掃除することとごみを出すことが屋敷番の表向きの仕事であったはずだが、たいてい庭は散らかり放題で、評判はよくなかった。共同住宅に出入りする住民の管理と記録という本業にばかり注力しているせいか、建物管理のほうはおざなりで、それゆえ屋敷番の正体を知らない住民の何人かは彼に不満を持っていた。

目が合ったあと、モモは軽く会釈した。相手は返さなかったが、それでわるい気はしなかった。彼が挨拶をしないのはいつものことだし、自分の側の人間であることもわかっている。直接に会話をしたことはない。上司経由でその名も一度は教えられたが、ともあれ名を呼ぶ機会もないので、入居してまもなくわすれてしまった。

屋敷番はモモが男を建物に入れるのを見ても咎めなかった。彼女がドアを閉めようとしたとき、彼は、自分はなにも関知していないと表現するみたいに、地面に屈《かが》んで、直す気もないはずの割れた舗装タイルに手を当てていた。

なるべく音を立てずに階段を登り、共用部を通り、自分の部屋にたどり着くのが理想だった。だがフロアに滞在する住民がひとりでもいたなら、そういう努力がむだになるのも知っていた。なにしろこの都市の人々は、鍵を鍵穴に差し込む音すら聞きつける。

部屋の扉を開けたとき、斜向かいの部屋の住民が壁の隙間からこちらを窺っていることに気がついた。

「夫よ」とモモは肩を貸す青年を指しながらその壁に向けて、ついでに階全体に響くように、いった。「兵隊の務めが終わって帰ってきたの。前に話さなかった？」

覗いていた住民、モモの母親くらいの年嵩の女は廊下に現れ、「兵士というわりには、まるで逃亡農民みたいな身なりね」といった。

「窮状の農村に派遣された兵士たちは農民みたいになるのよ」と彼女は答えた。「地方の村を統治するのがどれほど骨を折ることか知らないのね」

そして相手の返事を待たずにドアを閉めた。

彼女は青年をまず寝台に座らせた。鉄製の古いフレームは軋み、車輪に踏まれた動物の呻き声に似た音を立てた。戸棚から出したパンを与えると、彼は蛇のようにそれを飲み込んだ。そのあとは寝台から滑り落ち、濡れた新聞紙みたいに床に張り付いて眠った。


朝。寝台でモモが目を覚ましたとき、床の上の青年はまだ寝ていた。寝顔を眺めながら、起こすか起こさないかを迷った。

髪は短く、肌は浅黒で、手の甲は農夫らしくごつごつしていた。起きているあいだには険しく見えた目元も睡眠中は穏やかだった。平らに並ぶ眉は、故郷の村から望んだ南方の緩やかな山並みを思わせる。

モモは彼の顔に好感を持った。

結局、彼女は青年を起こさず、「決して部屋を出ないで」という書き置きを残して部屋を出る。常識に照らせばおかしなことだ。この国の人々は警戒心が強いがゆえ他者を簡単には家に招かず、ましてや留守を任せたりはしない。素性の知れない者を部屋に置いて外出するなど、自分でも正気の沙汰とは思えない。

とはいえ、彼女にはその行動によって勝ち取りたいものもあった。

信頼だ。他人の誠意に誠意で応えようとする精神。

飢えながらも他者に施していた彼になら、恩に真摯に報いてくれることを期待できた。

8

その日、帰宅したモモがまず目にしたのは、戸が閉まっていない戸棚と床にこぼれたパンくず、それから後ろめたさと満足とが入り混じる青年の表情だった。

「まさか、私のパンを勝手に食べたの」

「ごめん、そんなつもりはなかったんだけど……ただ、おなかがぺこぺこで」

ふたりの会話らしい会話は、それがはじめてだった。

「いくつ食べたの」

「ぜんぶ」

「今夜、私に晩ごはん抜きで過ごせと？」

「ほんとうにすまない。どうかしてたんだ」

「ひとのものを勝手に食べるなんて、信じられない」

モモは手袋と首巻きとを外し、寝台に座る青年の隣に腰掛けた。食糧を喰われたことには怒りを覚えたが、それでも裡ではよろこびが優った。真に卑怯な人間であったなら、盗れる物を盗って部屋を出ていっているはず。

「あなたはやはり、農村の出？」

青年はうなずいた。「ぼくの村はひどい状態だよ。食べるものがなかった。地獄さ」

「飢饉なら、私も経験したことがある」と彼女はいった。「当時、食べられるものはなんでも食べた。馬の飼料、動物の死骸、虫、靴、布」

「靴？　靴なんてどうやって食べる？」

「細かく刻めば大抵のものは食べられる」

「ふうん。わかんないけど、きみがそういうのならそうなんだろう」と彼はいった。

「それより、トイレはどこかな。なにしろ起きてからずっと堪えてるもんで」

「私が出かけてるあいだ、この部屋の扉を開けたりしてないよね？」

「もちろん。だから我慢してたんだ。きみが部屋から出るなっていうから」

「ねえ。声が大きい。もっと小さな声で話して」

「ごめん……それで、トイレはどこ？」

「この扉を出てすぐ隣。でも使うなら条件がある」と彼女はいった。「廊下に出た瞬間、他の住民がそこここの隙間や穴からあなたの様子を窺うだろうけどうろたえないで。もしだれかが話しかけてきても無視して。あと、トイレはきれいに使って。ここは不潔なひとばかりでうんざりしてるの」

「隙間や穴から窺うって……それは、ぼくが逃亡農民だから？」

「声が大きい。しずかに」モモはいった。「だれだろうと観察される。それが都市部の共同住宅の掟なんだから。みんなあなたの排尿の音さえ聞くかもしれない」

9

同じフロアの住民たちは全員、ひょっとしたら上や下の階のひとたちすらも、男を連れ込んだことには気づいているはずで、その点には煩わしさと窮屈さを覚えた。なによりうっとうしいのは、詮索の程度がひどくなること。住民たちはみなこの部屋での会話を聞きつけようとし、共用部での一挙手一投足を監視し、ささいな言動のひとつひとつに独自の意味づけを行うようになるだろう。そうやって私生活とプライバシーは、いつだか盗みに入った家の洗面台近くで見た茶色い石鹼の粒のように、どんどん削られ、最後にはきっと消え失せる。モモは彼を匿ったことをすこしだけ後悔した。

青年がトイレから戻ってきたあと、ふたりはなにも話さなかった。彼はなにかを話したげな様子でモモの顔を窺っていたが彼女は無視した。不要な言葉を交わすには夜が深まりすぎていた。ただ、彼女のほうにも彼に訊ねたいことはある。モモは相手の名前をまだ聞いておらず、自分が名乗っていないことにも気づいていた。長い沈黙ののちに彼女は、彼の誠意を試すべく、あたかもそれがふと湧いて出た質問であるかのような口ぶりで「そういえばあなたの名前はなんていうの」と訊いた。

青年は「グラヴ」と答えた。

「そう……あなたはグラヴというのね」

それで、がっくりきてしまった。

「……どうかした？」

「いえ。なんでもない」モモは首を振った。「私はソ、ソフィア、ア」

「そうか。ぼくを助けてくれてありがとう。ソフィア」

「きょうはもう寝る。仕事で疲れてるの」

部屋にある毛布は寒さを凌ぐには不十分だったので、モモは眠る前には服を重ね着した。それが寒さに抵抗する唯一の術だった。青年は、最初は床で眠ろうとしたが、時間が経過すると、寒くて眠ることができそうにないと訴えてきた。「正気だったらとてもこんな場所じゃ寝れない」と彼はいった。「氷みたいに冷たいじゃないか」

それで彼女は彼にも寝台を使わせてやることにした。ふたりはすかすかな毛布を分け合った。襲われることは案じなかった。なにしろ着込んでいるせいで自分ですら脱ぐのに難儀する。おまけに周囲の住民全員がこの部屋の夜に聞き耳を立てているはずで、おかしなことが起きれば、よくもわるくもだれかが気づくに決まっていた。

天井から下がるただひとつの明かりを消してしまうと部屋は真っ暗になった。カーテンが外の光を遮っていた。暗闇の中で目を凝らすと、ちかちか光る無数の糸くずが浮いているように見えた。息を潜めると遠くの音が聞こえた。寝る間際の静かな時間は彼女が愛する数すくないもののひとつだった。

この夜、静けさは長く続かなかった。

「ねえ、ソフィア」

青年は話しかけてきた。

「ずっと思ってたんだけど、どうしてそんなに声が小さいの?」

10

グラヴ、というのは偽名だとモモは確信していた。青年をこの部屋へと連れ込んだ夜、彼が眠っているあいだに荷を漁ったが、そこから出てきた身分証には「アンドレイ」の名が記されていた。

真の身分を隠し、個人の情報を不用意には明かさない。都市部にあってはまっとうな警戒だ。しかし恩人である自分には正直に明かしてほしかった。

青年は身分証に付された写真とはあからさまに容姿を変えており、その事実もまたモモの胸に不信を募らせた。だから彼女自身も本名を隠し、ソフィアと名乗った。

——ねえ、ソフィア。

グラヴと名乗る男によってその名で呼びかけられたとき、モモは自分が彼にとってはソフィアであったことを一時的にはわすれていた。

ソフィアとはいったいだれだったか。

それで、頭にこの世から去っていった青年同盟の同僚たちを思い浮かべた。

浮かんできたどの顔もソフィアの名を持ってはいなかった。

彼女は寝返りをうち、彼の目があるであろう場所を見つめる。もしかしたらソフィアとは、彼がここに至るまでの苛酷な道中において失くしてしまった家族や友人の名だろうか。自分が弟のオルセイ、そしてユーリを失ったように、この男もまた堪えがたい喪失を経験したのかもしれない。いま、その名を口にしたのは、おそらくは自分にその雰囲気を感じ取ったせいなのだ。

そういう感覚は、わからなくもない。

自分もまた、この青年に失った者の影を見る。

オルセイやユーリへの想いが鮮やかに蘇るのだ。


「――ソフィア。ねえ、ソフィア。聞いてる?」

あまりに長く黙っていたため、目の前の男はまた呼びかけてきた。そのときにはモモにも、自分がソフィアを騙《かた》っていたことを思い出せていた。彼女は相変わらず小さな声で質問に答えた。「都市部で大きな声で話す者はいない」

「だけど、ここは部屋の中じゃないか」

「部屋を区切る壁がどれほど薄いかを知らないのね」

「隣からはぜんぜん物音が聞こえてこないけど?」

「それは隣が静かにしているからよ」

11

明くる日、ふたりは河川敷までの道を歩いた。

まちの建物の外壁はどれも不完全だった。それは生きていたころの弟が包丁でむいた野菜の皮のように、塗装の剝げているところと剝げていないところとが混在し、みすぼらしい様相を呈していた。煉瓦で舗装された道はあちこちで落ち窪み、昨晩降った雨がそこに溜まった。建物と建物のあいだにいる人々は、眠っているか死んでいるかしていた。ふたりが通るとだれかが笑い声をあげた。まっとうな人間が屋外で大声で笑うとは考えられなかったので、笑い声をあげた人物はおそらくは正気を失っていた。

河川敷にも行き場のない人々が溜まっていたが、街中ほど高密度ではなかった。上流は開けていて遠くまで望めた。モモは用心深くあたりを見回したあと、外套の頭巾を被って川のほうを向き、彼に会って以来では初めて普通の声量で話をした。

「あなたのいた農村がどうだったのかは知らないけど」と彼女はいった。「現在の都会では静かでいることこそが大事なの。意見なんて持つべきじゃないし、口を開くべきじゃない。ここに長くいればだんだん口を開く必要さえ生まれなくなる。都市部のひとは内側に意見なんてものが生まれないようにこころを変えていくから」

「きみも意見を持たない？」

「どうかな。意見など持たずにおくべきだと常々思っているけど、その思想自体が意見かもしれない」

橋の上を車両が通るたび、モモは顔を背け、酸いにおいのする上着の襟を摑んで鼻まで引き上げた。他者の唇の動きを読むようになって以来、だれに見られているかわからないところで会話をするときには口元を隠したい衝動に駆られた。それがかえって愚かな行為たりうることは理解している。不都合な会話をしていると自ら認めるようなもの。同僚の中には唇をあまり動かさずに会話する術を身につけた者もあったと聞くが、残念ながら彼女にそのような器用さは備わらなかった。

「あなたも都会に居残るつもりなら、ここでの生活習慣、つまりどこであれ他人に聞かれる可能性のある場所では声量を絞る習慣を身につけることね。他人を信用するこころは捨てるべきなのよ。いくら農村といえど、この時世に自身の秘密を他者に打ち明けることを美徳とする向きが残っていたとは思わないけど、都会において秘密の暴露は命取りだから」

「でもソフィア。どうもきみは矛盾している。黙っていたほうがいいというわりに、丁寧に忠告と説明をくれる」

「匿っている人間にへまをしてほしくないだけ」

「ではなぜ匿ってくれる？　そもそもそこに矛盾が」

モモは答えなかった。質問に対し沈黙することで罪悪感を覚えるような繊細さはとうに捨てていた。この地では答えを期待してなにかを問うほうがまちがっている。

「きみの厚意に応えるためにいうわけではないけど、ぼくはきみを信用してる。助けてくれたし、いまだに面倒を見てくれている。感謝してもしきれない」

――信用してる。

その言葉を聞いて彼女はいっそう鼻白んだ。真に信用しているのなら、どうして名を偽ることがある？　つまりこの男は、嘘に嘘を重ねてもこころを痛めない人間なのだ。

「帰ろう」とモモはいった。

「もう？」と彼はいった。「来たばかりなのに」

12

モモはグラヴと名乗る青年を信用しなかったが、相変わらず部屋に住まわせてやってはいた。行き場のない人間を見捨てることに気後れを覚えたし、男を身近に置いておけば自己防衛に役立つかもしれないという期待も抱いた。しかしモモが彼を匿う最大の理由は、彼女が友人と呼べるような人間をこころから欲していたという点にある。名を偽られたと確信するモモは、この青年を信用できないことを残念に思った一方で、これから信用できるようになるかもしれないというわずかな望みを捨て切れずにいた。いつかこころを開いてくれる可能性に縋り続けていたかった。

相手がぼろを出すのを待っていたともいえる。つまり、この居候を明らかな「敵」と見なせるいくつかの証拠さえ得られれば、良心になんの咎めもなくここを追い出すか、または密告できるだろう、と。友人を得るという望みが叶わないのなら、せめてそれに対する未練を断ちたい。それが彼女の願いだった。

同じ部屋で生活を続けていながらも、男女の仲になる雰囲気は微塵もなかった。その奇妙な距離感は彼女を安心させたものの、なんとなく落ち込ませもした。体形とちがい、女性としての自信は簡単には戻らなかった。

部屋にある鏡は扉脇の壁にかかった一枚だけで、それはモモの手のひらを大きく広げたくらいの長さを一辺に持つ正方形に近い形状をしている。銀色の枠は錆付き、鏡自体も端から腐食が進んでいる。モモは毎朝、その前に立って髪を梳《す》く。壁を隔ててすぐの場所にあるトイレの悪臭を嗅がずにおくため、鏡の中の彼女は口を真一文字に結んで呼吸を止める。

一年に及ぶ都市での生活を通じ、頬は膨らみを取り戻していた。手足の腫れは目立たなくなり、胸や尻は女性らしい丸みさえ帯びた。

生きるか死ぬかの世にあって、見た目を気にするなんておかしなことだとモモは思った。一方でそれは、つまりは自分がひととの繋がりをふたたび意識しはじめたことの表れだと感じてもいた。この小さな鏡は、個人的な世界と社会との境目に嵌め込まれた新しい窓なのだ。

自分の顔を見つめているうちに胸が苦しくなった。

鏡から離れたあと、彼女は深く息を吐いた。

グラヴと名乗る男にあきらめと期待とを抱くモモは、彼の過去については詮索しなかった。ゆえに彼について知っていることといえば、訊いてもいないのに彼が自ずと語ったことだけ。

その居候がもっとも饒舌になるのは朝食の時間だった。共用部のキッチンで湯を沸かしたモモが部屋に戻ると、たいてい彼は窓を開いて南の空を見遣っていた。彼曰く、南は故郷のある方角だった。郷愁を募らせたあとには、同居人からの慰めを求めるみたいに、しばしば断片的に過去を語った。モモは彼の話を信じたり信じなかったりした。たしかなことは、窓を開けたまま声を出してほしくはないということ。彼女が注意すると彼は名残惜しげに閉めた。

その居候は食べているあいだも話を続けた。食事の席で会話をする習慣を持たなかったモモは、最初こそ戸惑ったものの、慣れたあとではすこし迷惑と感じるだけだった。

「わるいとは思ってる。ぼくが居座るせいできみの食事が減ってしまって」と彼はいった。「きみはぼくの命を助けてくれたひとだ。いつかかならずこの恩には報いるよ」

モモはそれを信用しないほうの話に含めた。

「食べられるっていうのはいいことだ。ぼくの故郷だけじゃない、いまじゃ生産目標を達成しないあちこちの村が飢饉に陥りはじめているって噂じゃないか。ひどい話だよ。地方の穀物倉庫にはあふれんばかりの貯蔵があるっていうのに」

「……穀物倉庫……その中の食糧はなんに使うの？」

「さあ。戦争に備えての物なんじゃないかな、知らないけど」彼はいった。「いずれにせよ、生産性のない者に食わせるための食糧でないってことはたしかだ。この国にはほんとうなら飢饉なんて起きずに済むだけの食糧があるんだ。だのに大半はむだにされてる。たとえば蒸留酒製造所の表では山積みにされたじゃがいもが腐ってる」

「どうしてあなたがそんなこと知ってるわけ？」

「故郷にいた時分、父さんが仲間とともに村の外に食糧を探し求めに行ったからさ」彼はいった。「父さんたちの一団は、食糧倉庫にたどり着きはしたものの、警備兵に見つかって何人か命を落とした。父さんを含む生き残りは村に帰ってきたけど、手ぶらだった。最後には見せしめに全員が殺された。ぼくや兄さんや母さんの見ているところで」

「それはお気の毒に」

だがモモはそれも信じないほうの話に含めた。だれかに聞かせるために念入りに覚えた物語のように聞こえた。不遇な身の上を語って相手の同情を引く。いかにも情報を収集する男がやりそうなことじゃないか。

「でも、あなたは生きてる」

皮肉を込めて彼女はいった。相手は皮肉とは受け取っていないようだった。

「ああ、ぼくは生きてる。これからも生きなきゃ」

13

グラヴと名乗る男の肌は汚い茶色をしていた。長い時間、太陽に晒されてきた証。都市にたどり着いたばかりのころ、モモ自身も同じような肌の色をしていた。腕に広がる黒と白のまだらの染みには、もしかしたら彼がほんとうに故郷からの逃亡を図ったのではと思わせるような説得力があった。足の指はかたつむりみたいに丸まり、爪は剝がれたりすり減ったりしていた。頰にはそばかすがあり、唇は熟れすぎて張り裂けた野菜の皮のようにあちこちで割れていた。

明け方。カーテンの隙間から差した光が部屋をぼんやり照らしはじめたころ。

隣にいる青年の寝顔を眺めながら、そのからだに触れてみたい衝動に駆られる。この日に限らず、そういう突き動かしを感じた朝は幾度もある。眠りの終わりとともにさみしさを感じるせいだ。家族を失った彼女にとって、他者の温もりは遠い過去にしか存在しない。ふと故郷に置いてきた六角形の食卓が懐かしくなった。いまやだれにも囲まれなくなったあの食卓の天板に突っ伏して眠りたい。そして、家族のだれかが肩を叩いてくれるまで、二度と目覚めたくはない。

モモは眠る男の腕に触れてみようとする。まるでそれが、故郷の食卓の代わりに自分を慰めてくれることを期待しているみたいに。胸は高鳴ったが、それは異性に対するときめきとは別物であることは理解している。しかし、彼女が触れる前に彼は目を覚ましてしまう。視線に応えたかのように、薄暗がりの中、ゆっくりとその瞼を開ける。

「……どうかした？」

モモは枕の上で首を振った。父親やオルセイの声とは似ても似つかぬ彼の声を聞くと、こころは急速に冷めていった。彼女はふたたび目を閉じて、眠りに戻ったふりをした。

彼の外出と清掃の仕事の休みが重なった日。モモは久々に部屋でひとりきりになった。

ひとりになると、ひとりでいるのがいかに楽かを知った。

彼女はこの日も日記用のノートを開いてペンを握った。

書きたいことはあまり思い浮かばなかった。いくつかこの世への批判めいた文章を綴りはしたものの、読み返せばいかにもくだらなく思えて、上から真黒に塗り潰した。

さんざん悩んでも適当な主題を見つけることのできなかったモモは、どうにもめんどうになり、最後には小難しいことを考えるのをやめて、率直な想いを狭い紙上に書きつける。

〈友人が欲しい。ユーリが恋しい。〉

次の行にはこう綴った。

〈アンドレイのうそつき。〉

それを書いてしまうと、ほんとうに他のなにも出てこなくなり、この日の記述はあきらめた。この世ではいつもなにかをあきらめてばかりだ、と彼女は思った。

14

モップの柄の細さは、ちょうど逝ってしまった日のオルセイの足首くらいで、ゆえに強いちからで握りしめることはできなかった。モモは庁舎前の広場を熱心に清掃しているように見せながら、実際には煉瓦の表面を水で撫でるだけで済ませた。それでなんの不都合もなかった。だれも彼女の仕事になど注意を払わないからだ。ごみと死体が埋め尽くし、掃いたそばから汚れていく街。掃除など真面目にやるだけむだにちがいなかった。

バケツの中の汚い水にモップの先を浸けながら、彼女は自分の人生も掃除と同じだと考えた。いずれ死ぬのに逃げる必要がどこにあるだろう。なにしろ自分が死ぬことは街が汚れるのと同じくらい確実だ。

モモは、あらためて生きる意志を放り出したくなった。まわりにだれも大切なひとがいないと気がついたからだ。自身の生存意義が他者との関係の上に成り立っていることを彼女は理解していた。個人的な幸福などというものはありえない。ゆえにひとりぼっちになった自分が、この先幸福を手にする見込みもない。

この日、彼女はモップを片付けなかった。

広場に掃除道具を投げ出したまま、背を丸めとぼとぼ家路に着いた。

部屋の扉を開けると、居候の男はまだいた。彼は、モモの帰宅を知るや、慌てて寝台から立ち上がったふうに見えた。ぎこちなく、不自然な感じがした。彼女の中で彼を見限る理由がひとつ増えた。

「びっくりしたよ。まさかこんなに早く帰ってくると思わなかったから」

「早く帰ったらなにか不都合でも？」

「そういうことじゃないけどさ……なにかあった？」

「なにが」

「だって……怒ってるように見えるから」

彼女は上着を脱いでハンガーに掛けた。気怠《けだる》いふうを装ってはいたものの、注意のすべてはその居候に向けていた。だから、寝台の手前に立つ彼が毛布でなにかを覆ったのを見逃しはしなかった。

「ねえ、なにを入れたの」

「……なにって」

「毛布の中よ。見てたんだから」

狭い部屋の中、出来損ないの果実のような形の電球の下を、二匹の蠅が飛び回っていた。鍋の縁にこびり付いて落ちない焦げくらい小さい。一匹をもう一匹が追いかけている。蠅は彼女と彼のあいだの空気を乱したあと、目の届かない場所へと消えた。

モモは彼を押し退けて毛布を捲った。隠されていたのは彼女の日記だった。居候は部屋主の留守のあいだにその個人的な記録を盗み読んでいた。

「命を助け、世話をしてあげた恩への報いがこれ？」

彼女は寝台にノートを叩きつけた。

先刻蠅が飛び回っていた空間を挟み、ふたりの視線が交錯した。逸らしたのは彼が先だった。動揺する彼の情けない様もまた、彼女の失望を深めた。

「不誠実と卑怯。もううんざり。あなたにこれまでやってあげたことがばかみたい」

希望は完全に打ち砕かれた。病を治すかと思われた薬粉が塵埃のかき集めにすぎないと知らされた気分だった。

「……日記を覗き見てしまってすまない。そのことについては謝るよ」彼はいった。「……でも、きみがなにを考えているか知りたかったんだ。普段どんなことを思っているかわからないし、感情みたいなものがほとんどないように見えるときが多いから」

「私の日記からなにかこの国の情報がわかるとでも思った？　まぬけなスパイね」

「誤解だ。ぼくはスパイじゃない」

「ならどうして私の日記を盗み見たりしたのよ」

「それは……個人的な興味だよ。同じ部屋で暮らしてるんだ、気になるのは自然なことだろ？」

「苦しい弁明」と彼女はいった。「まさか私がなにも気づいていないとでも思ってた？あなたの本名がグラヴでないってこと、とっくにわかってるんだから」

「それもちがうんだ……日記を読んでいてきみの誤解に気がついたよ」

彼はズボンのポケットから身分証を取り出した。

「この身分証のほうが偽物なんだ。故郷を支配していた青年同盟員のひとりからくすねてきたものだから。その証拠にほら、写真の男とぼく、ぜんぜん似てない」

たしかに、身分証を他人から盗むというのは、ありうることではある。実際、モモにもユーリの村で同じことを試みた過去がある。ただ、いまさらなにをいわれたところで信じる気にはなれなかった。

「その話すら嘘かもしれない」といって彼女は彼の手から身分証を叩き落とした。

「ぼくはアンドレイじゃない、ほんとうにグラヴなんだ」

「信用できない」

「なんでさ」

「だってあなたは、ひとの日記を盗み読むようなひと」


その後もいい合いは続いた。周囲の住民に会話を聞かれることへの警戒をわすれてしまうくらいには口論が過熱した。この瞬間には将来がどうなろうとも関係ないと思っていたし、実際関係ないはずだった。なにしろこの世に残っていた微かな希望はたったいま取り上げられたところだ。

中傷されていないはずなのに、会話の中で自分がずたずたに引き裂かれていくのを感じた。彼が疑いを否定するたびに裏切られている感覚が強くなった。

そうして最後には、言葉を交わすのすらいやになった。

「出ていって」とモモはいった。「私の近くにいてほしくない」

その瞬間の彼女が思い浮かべていたのは、いつかの日の広場で朽ちていた女性のこと。医者を呼んで。おねがい。脚が痛いの。痛いのよ脚が。

それを目にして以来、常に頭のどこかで遠くない未来の自分の姿をその女性に重ね見るようになっていた。居候に裏切られた現在でなら、より具体にその図を想像できる。

ただし痛いのは脚でなくこころだ。

胸を占めるのは絶望ではなく、惨めさだった。縁もゆかりもない都市で果てる。ミハイルが知ったら嘲《あざけ》るに決まっている。彼の助言のとおり、生まれ育った村で死んだほうがましだった。

寝台に座ると、自分の人生の嘆かわしさゆえ、うなだれてしまった。

床が軋んだ。頭を垂れる自分の前に男が屈んだのがわかった。

「ソフィア」と彼はいった。「日記を覗き見たりしてほんとうにすまない。きみが裏切りと感じても無理はないと思う。出ていけというなら出ていく。でもこれだけはわかってほしい」

彼の手がモモの手を包んだ。

「ぼくはきみの敵じゃない。感謝しているし、報いたいとも思っている」

久方ぶりにひとの温もりに触れられた気がした。モモは他人の手のあたたかさに驚いた。思わず感嘆の声を漏らしそうになるほど心地がよかったのだ。手よりも熱くなったのは鼻の奥で、口の中には苦みが広がり、直後にはそれが土埃の味だと思い出せた。故郷での暮らしが髪の毛に囲われた狭い視野を一瞬過《よぎ》った。冷たい床の上、晩年のオルセイと手を繋いで過ごしたいくつもの夜のことを。弟の華奢な手はあまりあたたかくはなかった。

男の手に包まれながら、彼女は見てもいないその内側を見たかのように知っていった。指の太さや肌の乾き具合、指先にできたたこやかさぶたのできた手のひら。薄い肉の下には骨を感じることができる。

彼の手を知るうちにモモは確信を持つようになった。

この男の語っていることは真実だ、と。

あるいはそんなふうに考えるのは、自分が安心したいからかもしれない。

疑うのに疲れただけかもしれない。

だが、なんでもかまわなかった。

この瞬間、彼女の裡には目の前の男を信頼してみようという気持ちのかけらが生まれていて、そこに縋りつかないことにはこれ以上生きていかれないと感じていた。

彼女は指を彼の指と絡み合わせた。

彼がちからを込めると胸が震えた。

大昔に戻ったようだ。

家族との穏やかな暮らし。眩い太陽の下で畑を耕した日々。あのころに感じていた安堵が、汗のにおいを伴い、瑞々しく蘇っていく。そしてその感覚の懐かしさゆえに彼女は、過去が遠くなってしまったことに、自分が変わってしまったことに、気づかないわけにはいかない。だれをも信用できない人生にはもううんざりだった。

「モモ」彼女はいった。「ソフィアじゃない、ほんとうの名前はモモ。ごめんなさい。嘘をついていたのは私」

ふたりは重ね合わせた右手と左手とを、結ばれた信頼までもが途切れてしまうのを恐れるみたいに、長いこと繋いだまま離さなかった。

〈E〉1937年

1

モモは煙草のにおいを好いてはいなかったが、それを吸う習慣を身につけるための努力はしていた。「人民の敵」を探索する立場にあって、喫煙の習慣はたしかに活動に役立った。それはただ煙草を吸うという目的のために場に留まることを容易にし、また吸っているあいだは周囲のことになど興味がなさそうに見せる。あるいは長居したくない場を外すことも。

だが努力に反して煙草はいつまでも彼女のからだには馴染まなかった。むせ返りそうになるたび、かえって怪しまれるのではと肝を冷やした。吸いはじめてわかったのは、においだけでなく味もきらいだということ。部屋に帰るたび、彼女は自身の息のにおいに幻滅した。

「自分の口が自分の口じゃないみたい」

「しかたないさ」とグラヴはいった。「それも仕事のうちなら」

一九三七年。モモは十九歳になっていた。このころには彼女の表向きの身分は清掃員から学生に変わっていた。上司より遣わされた新たな配属先は市内の大学だ。彼女は大学生の身分を有した青年同盟員に代わって、諜報活動の展開を命じられた。

「中身が入れ替わったってばれはしないさ」新たな任務を告げる際、上司はいっていた。

「ひとりひとりの学生の顔を覚える教授などいない」

「しかし友人はどうでしょう。すぐに別人だと気づくのでは」

「友人なんて概念がまだ存在すると思うか？」

そうして、彼女は文学部生になった。

上司の言葉どおり、だれもモモに違和感を覚えたふうはなく、まるで無関心だった。この国の培《つちか》った国民性そのものだ。素性のわからぬ者には関与しない、知る必要のないことを知ろうとしない。学業においては悪目立ちをしないよう平均的な成績を維持することが望まれたが、彼女はよく学んで必要を満たした。本をたくさん読むようにもなった。なにしろ大学には、これまで彼女が目にしたことがないほどの膨大な量の書籍があった。

学内における彼女の任務とは、青年同盟への人材勧誘と「人民の敵」の探索だった。

前任者が文学部への在籍を命じられていたのは、後者の目的のために明らかな利があったためだとされた。詩作や論文発表を通じて「国家にとって有害な思想を持つ者」を早期に発見できる。もちろん文学部に限らずどこの学部にも不都合な思想を持つ者はいたわけだが、文学部にはのちに詩人や作家、あるいは教鞭を執る立場になる可能性のある者が多く、後続世代への影響が大きいと見られていた。

「国や党を批判する作品を発表する者があればただちに報告せよ」

上司にはそう念を押された。

2

他者に会話を聞かれることを恐れる都市部の人々は、抱き合ったり毛布に包《くる》まって囁き合ったりする以外では本音で言葉を交わさなかったが、それでモモとグラヴに不都合もなかった。自分たちのあいだにきょうもきのうと変わらない信頼があることを確認するため、ふたりは抱き合っていたかったし、毛布に包まっていたかった。

「大学はどう？」寝台に横になっているとき、グラヴはモモに囁いた。

「どうもこうもいつもどおりよ。勉強して、煙草を吸って、密告の文書を書く」

「だんだんきみの息がきらいになりそう」

「そんなことといわないで。私だってこのにおいはきらい」

カーテンを長い時間開けておく習慣がなかったせいで、部屋は夜も昼も暗かった。グラヴは寝たまま手を伸ばしてその色褪せた布を捲った。この都市の上に空がまだあるかどうかを確認してでもいるみたいに。白い光が差し込むと、宙に浮いた塵が窓に向かって動いているのが見えた。

「大学で人々を観察していると、いろんなことがわかってくる」と彼女はいった。「ある者はある者に好意を抱き、ある者はある者をいつか殺してしまいそうなほど憎み、ある者は貸した金の返済を相手に催促しようかと迷ってる。でもそれぞれに共通するのは、結局みんな口には出さないってこと。面倒を恐れてる。口は禍《わざわい》の元だから」

「しかし、中には自分の思想を表明せずにはいられない者もいる」

「ええ」

「なんでかな」

「ほんとうは話したいからよ、きっと。みんな話したいのに話さずに我慢している。だから表明するきっかけを与えられたら飛びつくの。この世への不満でこころを煮え滾《たぎ》らせているひとほど」

「とすれば、きみの学部はそのものがねずみ捕りみたいなものだな」

グラヴはカーテンを離した手を上げたまま、手のひらを開いたり閉じたりした。それから彼の手はモモの黒い髪の中へ潜った。ごつごつした手が耳のあたりで動くと、皮膚と髪が擦れる音以外なにも聞こえなくなった。頭を彼の手と枕に挟まれたまま彼女は目を閉じた。

「いまはたぶん、まだましな時期なんだろうな」とグラヴは呟いた。「この国はますますひどくなっていく気がする。戦争がはじまろうとも、はじまらなくとも」

「いまがまし？」

「ましだよ。飢饉から逃れてきたぼくらにいわせればここなんて恵まれてる、だろ？」

「それはそうね。食べ物はある。きちんとした寝床も」

「それに痩せてない恋人も」

「恋人」モモは目を開けた。

「そう。恋人」

彼女は、どうしてこのように同じ部屋で過ごし、ほとんど夫婦と変わらない生活をしているにもかかわらず、グラヴが求婚してこないのかと不思議に思っていた。とはいえ、直接そんなことを訊いたりはしない。沈黙の民は、核心に迫る質問の無意味さと危うさをよく知っている。

「ねえ。この先もきちんと任務をこなしていけば、私いつか、党のおえらいさんになれるかな」

「さあ。たぶんなれるさ」

「そうなったら、生き別れた姉や父にも会える？」

グラヴの手が頬を撫でた。「会えるよ。きっと」

3

良心を麻痺させておくよう努めていたとはいえ、密告が容易《たやす》いわけはなかった。モモは何度か自身が密告した「人民の敵」について、その逮捕に立ち会ったことがある。逮捕は夜間に行われることが多かった。居合わせる家族を事実上の人質にできる。抵抗すれば妻子まで逮捕されてしまうかもしれない。

警官が扉を叩いたあとに出てくる顔は蒼ざめていて、夜の暗さの中でも血の気が引いているのがはっきりとわかった。彼らの反応はまず狼狽《ろうばい》と決まっていた。「……どうして……なんで自分が……」

それから、妻や娘、そして自分自身に、こんなふうにいい聞かせた。

「……なにかのまちがいだ。私にはなんのやましいこともない……誤解は解けるだろう」

その家の主人は文学部で研究助手を務めていた男だった。彼によって発表された論文は政策に批判的であり、また過去に国を攻撃した作家の文章を多数引用してもいた。

「あなた！」

「パパ！」

妻と娘が室内履きのまま屋外へ飛び出すと、近くにいた警官が制した。妻は妊娠しているらしく、腹が大きく膨れていた。

「心配いらない！」

研究助手は腕を引かれながら声を絞り出した。

「国と正義が私を救ってくれるさ！」

実際のところ、国に正義なんてものがないと知るモモはそれを聞いてむなしくなった。警察は彼を解放しないだろう。証拠もなく、ただただ密告を根拠に処分が決まる。それがこの地において繰り返されることなのだ。逮捕されたら最後、厚意ある結末が訪れることはほぼない。もちろん一切ないわけではないが、こんな世においては汚れていない手拭いくらいに珍しい。

警官は母娘に問い質した。あの男の罪を知っていたのか。もし知っていて黙っていたのならおまえたちも同罪だぞ。母娘はともに、なにも知らない、と答えた。残された家族としては標準的な返事だった。

玄関先で肩を落とす母娘を見遣りながらモモは煙草を吸った。真黒い空に向かって煙が立ち上ったが、湿った息ほどは白くはなかった。連行の先に救いがないことを知っていれば、あるいは必死で抵抗し、戦っただろうに。

それでモモは過去を、どことともわからぬ事務所の一室で別れさせられたユーリのことを、想わずにはいられない。寒空の下で引き裂かれた家族たちに自分の境遇を重ねてしまうのだ。

哀れなこの母娘は、かなしみの奥に、いつか主人に、父に、再会できるだろうという望みを抱いている。それこそがなにより残酷なことだ。

ふたりは薄い寝間着しか身につけていなかった。

近隣の家々のカーテンが揺れ、密かにこの場を窺っているのがわかった。

家に入りなさい、と警官がその母娘にいった。周囲に不要の不安を生む言動は慎むように。

数週間後。モモがその家の前を通ったとき、もうだれも住んではいなかった。家にはカーテンもなく、中には家具もなく、あらゆるものが奪われたか盗まれたかしていた。おそらくはまず母親が逮捕され、残された娘は孤児院に送られでもしただろうか。モモはからっぽの家を眺めながら首を振った。国はいとも簡単に家族を散り散りにしてしまう。

　彼女はグラヴから求婚されたいと思ってはいたものの、この時世、結婚する利点がほとんどないことにそのときようやく気がついた。片方の身になにかあれば、伴侶をも巻き込んでしまう。国が遂行する家族ぐるみの処罰の方針が意味するのはそういうことだ。とはいえ、その理解は彼女を打ちのめした。ほかならぬ自分の働きこそが、強い絆で結ばれた者たちを引き裂いていたからだ。日々、連行により多くの家庭が壊れていたが、思えば自分は破壊する側の一員だった。

　モモはその家の玄関、あの夜にお腹の大きな妻と娘とが立っていた場所へと進み、扉のノブを回した。鍵はすでに壊されていた。

　予想どおり、家の内側から価値あるものはすべて持ちだされ、残されているのは盗人に無価値と認定されたものだけだった。その無価値なもののひとつには、捕まった男の娘たる少女が記した日記があった。本来、それを収めていた机だか棚だかは消えていて、ガラスの破片散らばる廊下には灰色の表紙の小さなノートが投げ捨てられていた。モモはそれを拾いあげてページを捲った。教養ある子らしく、難しい単語がいくつも綴られていた。書かれているのはいかにも年頃の少女らしいこと。家庭での些細《ささい》な出来事。童話を模した創作と将来の夢。数か月後には生まれる予定の弟だか妹だかの名前の候補。記されていることのほぼすべては、すでにこの家から消えていた。

4

グラヴが共用部を使う回数は極力減らすようにした。彼が部屋から出る前に、まずはモモが扉をわずかに開き、廊下の様子を窺った。目に見える範囲にひとの姿がなくとも安心はできなかった。様子を窺うこちらの様子をだれかが窺っている可能性は常にある。

キッチンの作業台には洗っていない皿や鍋が積み上げられていた。おそらくは先週このフロアに転居してきた一家のもの。以前からここに住む者ならば、共用の場にある物をだれかが適当に処理してくれるのを待つのがいかに無益かを知っている。掃除当番の住民はあくまで割り当てられた範囲の掃除しかせず、だれかが個人的に使用した物の片付けなんてまずやりはしない。ここでの「公平」とはそういうものだ。

国は共同住宅を理想的社会の縮図として位置付けていた。限られた空間を複数の人間が共同で利用することで、行動様式や思想がそれに近づくようになる。私的な空間も財もいずれは消滅し、やがては家族単位の生活という概念すら不要になる。そう信じていた。

ゆえに居住者たちには「公平」な分担が求められた。電気や水道の負担額は使用量、使用回数、部屋面積を基準に細かく算定され、家事の負担はだれにも同じようにのしかかった。モモは使用量や占有時間とその負担を巡って住民同士が諍いを起こしているのを幾度となく目にした。建物の中はいつも殺伐としていて、とても理想の生活様式がここに芽生えるとは思えなかった。

狭い部屋に物は多く入らなかったので、住民たちは共用部たる廊下にも私物を置いたが、そのせいで物がなくなった盗まれたの騒ぎはしょっちゅう起きていた。とはいえ、いつしかみんながあきらめるようになった。盗まれたのなら盗まれるようにしていたやつがわるい、そう割り切りはじめたせい。この論理は盗みをする側の自己肯定にも使われた。簡単に盗めるところにあるものは盗んでも構わないのだと。これでは住民たちは泥棒の寄せ集めと変わらないとモモは嘆いたが、かくいう彼女自身も二年前には泥棒だった。

部屋の棚には貴重なもの、つまり食糧や金品を収納しておくのがあたりまえだったので、それより序列の低い物品、とりわけかさばる調理器具類は自ずと共用部行きになった。モモは私物を盗まれたくはなかったので、部屋から持ち出した椅子に登ると壁の天井際に釘を打ちつけ、そこにフライパンやら鍋やらを吊るした。盗ろうとする者は自室から足場代わりの椅子や台を持ち出す必要がある。そんな面倒で目立つことをするくらいなら、盗人はそれ以外の物を盗むことにするだろう。

モモにとって共同住宅はこのように油断できない場所だったが、一方で青年同盟内には「共同住宅の中にも幸せなものはあるよ」といっている同僚もいた。「同じ建物で暮らす者同士のあいだには、まるで大家族のような絆が生まれるんだ。みんなのこどもをみんなで世話する。理想的なコミュニティだと思わない？」
その話が真実かどうか彼女には判別しかねた。まるで遠い世界の話に聞こえた。あるいはそれすらも党のプロパガンダの一部かもしれない。ともあれ、もしもそういう住宅が存在するのなら、羨望を隠さずにはいられなかっただろう。彼女は大家族に、こころ許せる者たちに囲まれる安寧に、常に憧れを抱いていたから。

モモが大学に行っているあいだ、暇を持て余すグラヴは家事をやりたがった。彼は料理をしたいと主張したけれど、共同住宅の台所には食糧よりも問題のたねのほうが多く存在することを知る彼女は、彼がそこを使うのをいまだに認めなかった。

かくいうモモ自身も住民のだれかと鉢合わせしうる場所に長居するのは好まず、ゆえに彼女の作る料理は自ずと簡素なものになった。その日の机に並んだスープは湯に多少の塩気がついた程度のもので、皿の底についた洗い傷が確認できるほどすかすかだった。

「たまには歯ごたえのあるものが食べたいな。肉とか」

「肉なんて、滅多に手に入らない」

「わかってる。いってみただけだよ。毎日の食事が淡白すぎてさみしくなっただけさ」

と彼はいった。「きみは食べたくない？　肉はきらい？」

「好きよ。故郷にいたころはよく壺で肉料理を作ったもの」

壺での調理は簡単だった。なにしろ食材を入れたらすることはほとんどない。にもかかわらず、モモは壺での調理で失敗してばかりいたことを思い出し、すこし笑った。余計な手を加えようとしては姉のアンナに注意されていた。壺自体もふたつだめにした。ひとつは落としたせいで。もうひとつは直火にかけたせいで。

壺は調理器具として優れていると母親からは教わった。粘土でできた厚い壁が均等に加熱されるおかげで、中の食材には効果的に栄養が保存されるのだと。母親は祖母から引き継いだ古い壺を大切に使っていた。モモも母からそれを継ぐつもりでいた。だが最後には、青年同盟の作業班が叩き割って、ごみくず同然になってしまった。

「壺か。ぼくの母さんは壺なんか使ってたかな」

「あなたはなにが食べたいのよ、グラヴ」

「じゃがいもかな。ぼくの田舎ではそれを作ってたから」

「じゃがいもが好きなのね」

「というよりは、単に故郷の味を求めてるだけだよ。きみと同じさ。過去の暮らしを思い出すための大事なよすがになる気がするから」

「生きていたころ、母はいってた。個人と家族とを最初に結びつけた緒は腹から出ているのであって、心臓から出ているのではない、って」

「なるほど故郷の味はどこへいっても途切れない頑丈なロープ」彼は微笑んだ。「いつかきみのために壺を見つけてくる。それで一緒に肉を食べよう」

自分がしている仕事の非情さについて、モモはときどきグラヴに語った。食事の場で、または寝台の上で。日記以外で胸の裡を明かせるのは彼だけだった。

「私がひとり密告するだけで何人もが捕まるの。夫が逮捕されるとその妻も逮捕され、こどもたちは散り散り。そうやって都市はさらに静かになっていく」

語っても責苦はあまり減らなかった。打ち明ける小さな声に震えが含まれているのを自覚すると、彼女は自分が後ろめたさでいっぱいなのだと知った。だが彼に心中を吐露しているあいだだけは、それ以外の時間より落ち着くことができた。

それからふたりは、これまで互いに深くは詮索せずにいた、それぞれの過去について語り合うことになった。どうして互いに過去を訊くのを避け続けてきたかといえば、おそらくは物事の核心に迫る質問を忌避する国民性ゆえであったはず。余計な質問や詮索が絆を断絶してしまうことを、だれもが理解していた。

グラヴはかつて彼がいた農村で父親だけでなく兄をも失った。村が農業集団化に抵抗した末、青年同盟との闘争に巻き込まれて。グラヴが生き残ったのは臆病であったからだと彼自身は振り返った。

「戦うのがこわかった。兄さんは農耕具を振り回して立ち向かっていったけど、ぼくにそんな勇気はなかった。だから母さんを守るといって闘争の時期は身を隠した。青年同盟との争いが死者を出すかもしれないことはわかってた。でもまさか兄さんまで死ぬとは思わなかった。死体が家の前に投げ出されているのを見たとき、もうこんなところでは生き残れないと悟った。ぼくと母さんの逃亡がはじまったのはそれからさ」

グラヴと彼の母親は、深夜に監視がもっとも手薄になる場所から村を脱する計画を立てた。深い森との境に立つ高い木柵を乗り越える際、母親は脚を引っ掛けて負傷したが、青年同盟員たちに気付かれることはなかった。

「そこからの徒歩行は死に物狂いだ。横には負傷した母親、いつ巡回兵に見つかるかとひやひやしたよ。夜は寒さと恐怖とでほとんど眠れなかった」

しかし命からがらたどり着いた都市で彼は失望を覚えた。

路上を埋め尽くす小汚い逃亡農民たち。

そしてそれらを気にかけもしない都市生活者たち。

グラヴと彼の母親もまた路上で飢えかけた。

食べ物を手に入れてくるから、あなたはここで待っていなさい。

彼の若くはない母親はその言葉を最後に姿を消した。

「たぶん、からだを売りにいったんだと思う。そうじゃないとぼくを置いていった説明がつかない。でも母さんに買い手がついたとは思えない。歳をとっていたし、田舎者だったし、ほとんど骨と皮だけみたいなからだだったから」

次の日も、さらにその次の日も、母親は彼のもとに帰らなかった。

ひとりきりになったグラヴは母親を探し続けた。街をさまよい、逃亡農民の隠れていそうな場所ならどこであれ覗いた。だが彼の母親はどこからも出てこなかった。

そうして最後にはグラヴ自身も斃れた。モモが彼を見つけたあの広場で。

「……じゃああのとき、あなたが広場で飢えつつある女性になけなしの食糧を与えていたのは、それが母親だと見紛《みまが》ったから？」

「いや。そういうわけでもない。ただ、同情してしまったんだな。どこかで母さんもこんな目に遭っているのかと考えたら、放っておくことはできなかった。ぼくがあのひとにやった食糧は、腹を空かせているであろう母さんのために最後までとっておいたものだ」

「かわったひと。他人にあげるくらいなら、自分で食べることもできたでしょうに」

「だがもしぼくが自分でそれを食べていたら、きみはぼくを助けていなかったかもしれない」

「グラヴ」モモはいった。「あなたけまだお母さんを探してる?」
「まさか。もうあきらめたさ。なにしろずいぶん前の話だ。生きているとは思えない。いまはきみとの生活だけがすべてだ」

5

学内においては青年同盟への人材勧誘もしていたが、それはさほど難しい仕事ではなかった。こちらが加入を説得し、あるいは熱心に口説き落とす必要はなく、むしろ声をかけた人間のほとんどが積極的に加わりたがった。この状況はモモにとっては多少奇妙なものだった。彼女自身は進んで加人したいと感じたことは一度もなかった。

もちろん数をこなす中では、見込みちがいにより、強い拒絶を示されたこともある。「青年同盟員として働くなどまっぴらだ! 党の手先になるつもりはない!」ある男はそう吐き捨てた。モモは帰るなりその男について密告の手紙を書いた。早期に排除する必要があり、実際その通りになった。日々、だれかしらが消える都市。男もそのひとりとして消えた。

一方で、加入を希望する者があっても、その身分によっては断らざるをえないこともある。たとえば親族がすでに「人民の敵」として逮捕されている者などがそれに該当した。このころには、モモが勧誘された時期とはちがって、だれかれかまわず引き込む必要はなくなっており、青年同盟には加入者を選ぶ余裕が生まれていたのだ。

ジュンという名の学生は、まさにそのような事情を抱える青年だった。聴取によって彼が忠誠を誓う人材であることはわかっていたものの、親の罪が障壁となり、加入は困難と見られた。

「申し訳ありませんが、あなたは『人民の敵』の息子。青年同盟には入れません」

「……そんな」ジュンはその拒絶を、自身そのものの否定かのように受け取っていた。

「僕にはたしかに、我が国の発展に尽くすための覚悟があるのに！」

「ええ、それは伝わってきています」

「じゃあどうして！」

「しずかに。声が大きい」モモは興奮気味の相手を諫《いさ》めた。「あなたのせいではありません。ご家族の問題です。まずは父親が、続いて母親が、逮捕されている」

「……親のことをいわれても……僕になにができたと？」

「ご両親が『人民の敵』であったことは逮捕前からご存知で？」

「まさか。もしそうだと知っていたなら僕自らの手で罰していたでしょう」

「その心意気や結構。ですが、そんな情熱を持っていたとしても、あなたが『人民の敵』の息子という事実は揺るぎもしません」

「では、親子の縁を切れば加入を認めてもらえるのですか」彼はいった。「裏切り者たる両親との決別を表明すれば、僕は国のために働くことを許してもらえるのですか」

ジュンの話によれば、彼の父親は逮捕されるとき、迷いなく妻に自分と離婚するよう迫ったという。離婚さえすれば「人民の敵の妻」である事実は消滅し、逮捕を免れられる。実際、国も「人民の敵」を孤立させるため、離婚に伴う手続きの手数料の引き下げまでして夫婦の離別を推奨している。

だがジュンの母親は夫を見捨てなかった。結果、母親も逮捕され、監獄へと送られた。両親なきジュンが大学生活を送れているのは、彼の面倒を見る良心的な親族がいたという、こんな世にあっては奇跡的な幸運に恵まれたからにすぎない。

「我が母親ながら理解に苦しみます……離婚しないだなんて……僕の将来を真剣に考えてくれていたとは思えない」

息子である彼自身は、親の罪についてはなにも知らないといった。父親が実際に危険な思想を保有していたのか、いわれなき密告の犠牲になったのかを把握していなかったし、母親についても同様だった。

「母は寄越す手紙の中で一切そのこと、つまり父や自身の罪について触れてはいません。だからなおさら怪しく思える。ゆえに返事を書く気さえ失せるのです。だって国への感謝を繰り返し説いていたのは他ならぬ両親だったんですよ？　それが『人民の敵』になるだなんて……ありえない。僕自身も欺かれた気分だ」

「ですが、ほんとうに両親と縁を切ってしまっていいのですか」モモはいった。「もしも逮捕が不当であったとしたら？　ご両親は実際には無実だとしたら？　息子であるあなたが信じることをやめてしまったら、あまりにも救いがないように思えますが」

「……青年同盟の方とは思えない発言ですね」彼の視線がまっすぐにモモの目を射抜いた。冬の湖に放り込まれた小石が立てる飛沫《しぶき》を思わせる、冷たさと刺々しさとを含んだ眼差しだった。「……僕のためにいってくれているのはわかりますが、しかし国家への疑念を口に出すなんて。ましてあなたは国に奉仕する立場の人間なのに」

「たとえばの話ですよ」

モモは取り繕ったが、なんの気無しにいったことに本音が混じっていて驚いた。国の歪みの可能性を指摘するなど、自分なら迷いなく密告の対象としただろうに。

数日後。ジュンはふたたび現れ、母親に届けて欲しいと持参した手紙をモモに預けた。

「渡すのは構いませんが、しかし監獄はいたるところにあります。お母さんがどこに収監されているかはご存知で？」

「ええ。それはわかっています。僕の元に届く封筒の裏に書いてありますから」と彼はいった。「定期的に手紙が届くんです。送ってくれって頼んでいるわけでもないのに。僕に面会に来てほしいのかもしれないけど、『人民の敵』である嫌疑が晴れない以上、顔を合わせる気にはなりません」

彼は母親がいる監獄の住所を持参した手紙の裏に書きつけた。近くはない場所だった。

「真相を確認するための文をしたためました。返信を得られれば踏ん切りをつけられるはずです。親が誤っていたのなら親を憎み、縁を切ります。ですからその暁には、青年同盟への加入を認めると約束してください」

6

託された手紙の内容を確認したモセは、郵送ではなく、ジュンの母親が収容される監獄へと出向いて直接手渡すことにした。金曜の夜に出て日曜の朝に到着した。事務窓口にて身分証を見せて来所の目的を告げると面会を許可された。

底冷えする部屋に案内されて待つこと十数分。看守に付き添われた老け顔の女は現れた。窓がなく、明かりは小さな電球ひとつだけの部屋の中で、女の顔は白く見えた。モセは看守のひとりに持参した手紙を女に渡したいと伝えた。手紙を受け取った看守はその検閲のために部屋を出ていった。

「……ジュン。そう。あの子は元気なのね」

気軽に雑談などする気分ではなかったが、しかしジュンの母親は語りかけてきた。

「いい子なのよ。賢くて、ひとの痛みがわかる子。物が買えない時期には欲しがらなかったり、満足に食べていなくても満腹のふりをした。息子のやさしさには何度も助けられたわ」

そして頭を重たげにもたげ、正面からモモの顔を覗いた。

「ここに来た理由はわかってる。息子に頼まれてあたしの科を確認しにきた。そうでしょ？」

「ええ。簡単にいえば」

「いま、ここでなにをいっても信じてもらえるとは思わないけどね、それでも正直にいうなら、あたし自身は国にこれっぽっちも反感など抱いていないの。むしろ感謝してるくらいよ」

短くない監獄での生活の影響か、頭部には髪が抜け落ちてできた白い円形の穴がいくつもあり、それを隠すようにのっぺり地肌に貼りつく毛は白と黒が半々で入り混じっていた。しみだらけの顔は、陽に晒されて褪色した共同住宅のカーテンを思わせた。

「あたしには父親がいなくってね」と彼女はいった。「家もなければお金もなかった。母親は腰をわるくしていて動けなかったから、あたしが物をかき集めて回った。あたりにある物を拾い尽くしたあとには盗みみたいなことまでやってね、見つかるたびに大人たちから怒鳴られたり叩かれたりしたわ。もっとひどいことをされかけたりもね。だけど、勇気を振り絞り続けた。育ててくれた母に報いるにはあたしががんばらなきゃならない。いつ切れてもおかしくはない明日への細い糸を手繰るように命を繋ぎとめてきた、それがあたしの半生よ。からだのあちこちを壊した母はとっくに死んでいても不思議ではなかったけど、ともあれあたしが一人前になるまでは生きていてくれた。そしてある朝、突然眠ったまま起きなくなったの。それが母の最期よ。ぜんまいの切れた時計の針のように、ぴくりとも動かなくなった」

モモは、親しくもない人間がこんなにも詳しく過去について語るのを久しぶりに聞いた気がした。モモのほうはといえば、相手のようには過去について語れず、すこし申し訳ない気持ちになった。机の上の老女の指は薄茶色のガーゼで包んだ枯れ枝のようで、組み合わされた右手と左手が、いつか互いの指を折ってしまいそうなほど細かった。

「でもね、この国はあたしの人生を見捨てたりはしなかった。工場に働き口を見つけることができたし、そこで旦那と出会うこともできた。ジュンが生まれた日にあたしが覚えた感動はわすれもしない。とにかく、自分の人生が自分の人生でよかったと思えたの。あの子を養っていく過程であたしは国に感謝したわ。小さなジュンに幼少期の自分を重ねたせいよ。あたしが味わったような苦労を味わわせずに済む、それがどんなにありがたいことか、あなたには想像もつかないのでしょうね。自分が辿った途方もない道を振り返るだけで、達成と感慨とを覚えずにはいられない。なにもなかったあたしに多くを与えてくれたのはこの国だったのよ」

その暮らしは国が与えたものではなくあなたが勝ち取ったものでは、とモモはいいかけたが、実際にはなにもいわず黙っていた。看守のひとりが近くにいたからであり、胸が詰まってしまったからでもある。予めジュンの手紙を読んでいた彼女にとって、対面の女の心情吐露はつらいものでしかなかった。

「息子はいったいなにを書いてくれたのかしら。こわいけれど、楽しみでもあるの。なにが書いてあるにせよ、息子からの知らせをよろこばない親がどこにいるのよ」モモの気など知らずに彼女はいった。「ちょうどあたしもあの子に手紙を書くつもりでいたのよ。ここで手紙を書くことを許されるのは、日曜の夜だけだから。一週間、なにを綴るかを考えて過ごすの。これまで何通も送ったわ。でもあの子、一度も返事を寄越さなかった。きっと、国への忠誠を説いて聞かせていたあたしたちが国を裏切った科で捕まったことに腹を立てているのね」

やがて外していたほうの看守が戻ってきてジュンの母親に息子からの手紙を渡した。

彼女は瞳を輝かせながら便箋を開いた。

7

母さん。僕は元気です。現在、大学で勉学に励み、国の発展に資する人材になるべく努めています。生活は順調です。相変わらず世は落ち着く様子がありませんが、大学はずいぶんましなほうです。知り合いか消えていくことにも慣れました。このように「人民の敵」がそこここに潜む時勢とあっては事態が当面収束する見込みがないのも無理のないことです。

母さん。あなたは僕にこの国がいかにすばらしいかを教えてくれた。そして成長した僕はすこしでも早く国のために働きたい。そこで青年同盟への加入を申請することにしました。しかし、両親が「人民の敵」で逮捕されたとあっては加入を認めてはもらえません。

だからおねがいがあります。母さん、そして父さん。あなたがたが真に「人民の敵」であったのか、そうでなかったのかを教えてほしいのです。

ふたりが逮捕されて以来、僕がいかにつらい想いをしてきたかはいうまでもないでしょう。知り合いであったひとの多くは知り合いではないかのように振る舞うようになり、僕を知るひとのいる場であれば、どこにおいても冷たい視線を投げかけられる。ときには、僕自身も犯罪者であるかのような扱いを受けます。僕がいま覚える孤独は、あらゆる意味であなたがたが連れていかれたことに起因するのです。

母さん。どうしてあなたは、そしてあなたの夫たる僕の父は、国を裏切ったのですか。国への恩を繰り返し述べていたくせに。目先の欲に負けたのなら軽蔑します。金よりも家族でいることのほうがよほど大事だということはいうまでもないでしょう。それともあなたがたは、そんなことすらわからなくなってしまったのですか。

だけど、もしかしたら母さんも父さんも、ほんとうはわるいことをしていないのかもしれない。実はまちがっているのは国のほうで、ふたりはいわれなき罪に問われているだけなのかもしれない。だとしたら、僕にとっての敵は国ということになります。青年同盟には入りません。そして、あなたがたを救い出すためにあらゆる策を講じます。

母さん。ほんとうのことを知らせてください。もし母さんや父さんが国を、そして僕を、裏切っていないとさえわかれば、たとえそのせいで青年同盟への加入を拒絶されようとも本望です。どちらへも傾けない現在の僕に、どうか一歩踏み出すための真実を与えてください。

8

読み進めるにつれ、ジュンの母親の顔に刻み込まれた老けの影は色を濃くした。手紙を受け取ったとき瞳に湛《たた》えていた瑞々しさはどこにもなくなっていた。読み終えると、彼女はそれを三つ折りにしてモモへと返した。

「処分して。あたしには不要のものだから」

折りたたまれた便箋は、ひっくり返った虫の脚のように、懸命に内から外へ開こうとしていた。

彼女は目を伏せて「あたしたちは『人民の敵』、それが真実よ」といった。「息子にはこう伝えて。親子の縁はこれでおしまい。あなたはあたしたちと縁を切って青年同盟に入りなさい、と」

その瞬間のモモは震えていた。からだ中の毛穴からあたたかさが漏れ出たみたいに寒かった。

母親は、息子に危険を冒させるよりも、自分が嫌われることを選んだ。子が親を信じてしまっては憎む対象は国になるが、しかし国を憎んだ末に待つのは暗い未来だけだから。

モモは目の前の女の選択を理性的に受け止めようと努めたが、蟠《わだかま》りを取り除くのは簡単ではなかった。自身を彼女の立場に置き換え、想像してしまうのだ。家族との決別を自分の意思で決する、それはとうてい不可能なことに思えた。

あなたが息子さんに伝えたいのは、ほんとうにそんなことですか。

モモは訊ねた。問いに対し、ジュンの母親はなにも答えなかった。

最後には看守が咳払いをして面会が終わった。

9

それ以降、モモはジュンという男と会うのを避け続けた。

加入の申請を宙ぶらりんにし、母親の返事を伝えることもしなかった。

無視を続けると、やがて彼は彼女を頼ることをあきらめた。

その後どうなったのかは知らない。

彼女は、彼がいつかもう一度、監獄の母親に宛てた手紙を書くことがあればいいと願った。

〈F〉

1

人々の消失は加速していった。都市部の多くの人間が逮捕された。国から全国民に向けた過激な通達が繰り返されたせいで、青年同盟員に限らず、多くの一般市民が日常的に他者の言動を観察するようになっていた。

〈疑わしい者は片っ端から密告しなければならない。それが全国民の務めである〉

不審な会話を耳にした者には報告の義務が生じる。そして報告しなかった場合、「警戒心の欠如」を理由に、報告しなかった者が処罰される。警戒心の欠如。それは、逮捕のためのあらゆる口実を引き出しうる、国にとってもっとも好都合な概念のひとつだった。

当通達があったとき、モモは自分が、引いては青年同盟員が、最初からなんら特別な存在ではなかったのだとはじめて理解した。

相互監視のシステムはこの広すぎる国土が、すなわち警察組織の人員だけではすべてを管理することができない事情が要求した統治形式というのは知っていた。しかし彼女が理解していなかったのは、自分たちの役割について。そもそもこの国が青年同盟員をはじめとする情報提供者を組織し密告網を構築したのは、どこに密告者がいるかわからない状況こそ相互監視を生み出すのに効果的であると計算を立てていたからなのだ。ゆえに国民間での相互監視の体系が完成した現在、一部の人材は切り捨てられてもおかしくはない。なにしろ事情に通じすぎている。将来的脅威と見なされない保証はどこにもなかった。

社会の剣呑な雰囲気に飲まれ、共同住宅での日常も殺伐としていった。互いの監視の強化が緊張を生み、住民たちは些細なことで啀《いが》み合った。共用部から物が減るたび盗人がこの建物内にいると喚《わめ》き立て、犯人探しに躍起になる集団まで生まれた。個人攻撃されないためには、共同住宅内でより影響力のある集団に属するか、またはまったく存在感を失くすかしか選択肢がなかった。

モモがここに住みはじめた当初、不快なまでに詮索を繰り返していた住民のひとりはいつのまにかいなくなり、代わりにその部屋を別の者が使うようになっていた。おそらくはこの階のだれそれの怒りや憎しみを買って告げ口をされてしまった。よくあることだ。だれもが自分の利益のため、または個人的な因縁のために、あることないことでっちあげては、他者を取り除こうとしている。

青年同盟員の身分を隠して屋敷番を務めていた男は、本来の業務範囲を逸脱して横暴を働くことが多くなった。彼は気に入らない住民がいると密偵の嫌疑を投げかけ、当局に通報するぞと脅しては食糧や金品を巻き上げた。住民のひとりは屋敷番を殺しそうなほど憎んでいたが、とうとう最近は見かけなくなったので、屋敷番のほうが先手を打ったのだろうとわかった。

共同住宅が実現した相互監視は、いまやあらゆる者を追い詰めつつあった。


モモがなにより気にした噂は、逮捕の手が党員や青年同盟員にまで及んでいるというものだ。同僚から伝わってきた話によれば、これもまた中枢の人間たちの行き過ぎた警戒が理由であるらしい。権力の座に就く者はそれを争う者を排除する動機を持つ。なにより、国は来たるべき戦争に備え内側の動揺分子の除去をこそ目指している。範囲を国から党に変えて同じことが起きる理《ことわり》かなくはないということ。そして党は、ためらいなく末端の人材を切り捨てるだろう。農業集団化に成功しなかった農村の青年同盟員たちを容易く見離した過去がそれを証明している。

彼女は自身が密告されること、逮捕されることを恐れるようになった。聞いていないはずの音を聞いた気がしては真夜中に、明け方に、飛び起きるのだ。革靴の硬いソールが床を叩く音が、たくさんの頰と腹を殴った拳によって扉がノックされる音が、たしかに立った気がして。しかしすべては幻聴であり、実際に部屋の扉が叩かれたことは一度もなかった。

目覚め、グラヴが隣にいるのを確認するたび、自身の幸運に感謝した。彼女はカーテンの外を覗いて辺りに異変がないかを確認した。このごろは常に寝不足だった。眠っているあいだに彼が消えてしまう気がして、深く眠ることができずにいた。

「どうしたんだよ、そんな顔して」

グラヴは毛布から手を伸ばしてモモの顔に触れた。

カーテンの隙間から差し込んだ光が、寝台に横たわる彼の上にまっすぐな橙の線を引いた。まばゆい陽に照らされて腕の産毛までもがはっきりと見えた。光は彼の腹からはじまり首の真下で途切れていた。彼女がカーテンを直すと光は消えた。

「……私たち、大丈夫かしら」

「なにが」

「こんなふうに朝を迎えられなくなる日も、そう遠くないような気がして」

「不安なの？」

モモはうなずいた。「ねえ。街を離れない？」

「離れるって、どうやってさ」と彼はいった。「いまや街が包囲されていることは知ってるだろう。忍び込んだスパイを外に出さないための網だと教えたのはきみじゃないか。ぼくらがここへ迷い込んだころとはすっかり事情は変わってしまった」

「私は青年同盟員よ。通れないはずない、だって――」

そこで口を噤《つぐ》んだ。もはやこの身分がなんの役にも立たないかもしれないことは、彼女自身がよく理解していた。青年同盟員すら次々逮捕されているのが現在の都市なのだ。加えてグラヴの反応からは、彼がこの地に未練を残していることも読み取れた。彼はここを離れることをそれほど必要としてはいないようだった。

手前の廊下をゆく足音が聞こえると、モモはそれが通り過ぎるまで息を潜めた。音は徐々に遠ざかり、数秒後には消えた。

「なあ。いまなにを考えてる?」

「なにも」と彼女は囁いた。「お腹が空いたとか首を寝ちがえたとか、そんなことよ。どうして?」

「ぼくもお腹が空いた」

そういうと、彼はまた眠りへ戻った。

2

包囲された都市を脱することは困難で、しかもグラヴはそれを望んではいない。彼がなぜここを離れたがらないか。その理由は、訊かずともモモにはわかっていた。彼が逃亡に乗り気でないと知っても気落ちはしなかった。実際のところ、この地から逃げ出したい気持ちと留まりたい気持ちで揺れ動いているのはモモも同じだ。彼女もまた、ここを脱すべきと主張しながらも真にそれを欲してはいない部分を裡に残している。だから、グラヴが逃亡を拒絶すると、ここから離れなければならない理由がひとつ減った気がして、こころがすこし楽になった。

モモがこの地に残す未練とは、自身の将来の可能性だった。表向きの身分たる文学部生として出会った書の数々が彼女に真の自由を教えていた。本の中の他者に自分を投影する体験のすばらしさを知ったというだけではない。そこには直截的、婉曲的に、信念や思想を放り込むことができた。彼女はふと自分の日記を想った。あれをもうすこし引伸ばして洗練させれば、あるいは他人が読むに価する書の形になるかもしれない。それも、この世の真実を綴った書に。モモは自身が文学や創作を学ぶ機会を得た幸運に感謝した。農村で暮らしていたままでは獲得できなかったはずの機会だ。いずれは自身の創作を広く発表したい。そう考えてさえいた。

3

ある日。モモは詩作の講評を理由に文学部の教授に呼び出された。彼女は、自身の才能の片鱗が見出されたよろこびを嚙み締めつつ、揚々と研究室へ参じた。個別に呼び出される学生というのは成績不良かその逆かしかなかったが、前者には当てはまらないはずだった。

教授は顎に鬚を蓄えた五十代の男で、髪はほとんどなかった。分厚い眼鏡をかけており、きれいな白いシャツを着ていた。これまで教壇の上に立つ姿を離れたところから目にするだけだったが、間近で見ると思いの外、雰囲気が洗練されているという印象を受けた。部屋には教授の他にふたりの年長の学生がおり、ひとりは痩せていて、もうひとりは太っている。彼らはなにをするでもなく教授の横に立っていた。

教授は「まあそこにかけなさい」といって応接用の長椅子を指した。色褪せた黒色の革製で、短い背もたれの上端は擦り切れていた。火傷した皮膚みたいにめくれた革の下からは白いスポンジが覗いている。

「さて。きみの創作した詩を読んだよ。なかなかいい筋をしている。将来は作家志望かな」

「ええ、まあ」照れを含んだ笑いが混じり入ったせいで声が甲高くなり、どこか不自然に響いた。自分で答えながら、まるで他人が発した言葉を聞いているみたいな感じがした。「とはいえ、漠然とした夢です。見通しのようなものはありません」

「いくつかの特徴的な表現は大変に気に入ったよ。きみはどんな作家に影響を受けただろう」

「どうでしょう、影響というほどのものは……なにしろ読書経験が浅いもので」

「チャルスキンが好みと見える。もしくはウェイスリーか」

「チャルスキンは読んだことがありません。ウェイスリーについても詳しくはありませんが、たしかに印象深い作品はあります」

「ヒューロドについてはどう思う」

「……ヒューロド?」

ヒューロドは逮捕された作家だった。彼には国を批判する作品を多数発表していた過去がある。ヒューロドに関連する書籍のほとんどは滅却されていたが、大学には資料としていまだに残っており、青年同盟員としての好奇心から、そして創作者のはしくれとしての興味から、その作品のいくつかを読んだことはあった。

モモはヒューロドについて問われて困惑してしまった。危険思想を取り締まられる現在、学内といえど、進んでその名を口にする者はなかった。

「……すみません。ヒューロドについて、私はあまり詳しくありません」

「読んだことくらいあるだろう。それとも勉強はきらいかい？　まさか熱心に読書もせずに作家になりたいなどという夢を抱いているわけでもあるまい」

「読んだことはあります。ただ……内容については、あまり覚えていないというか」

「ヒューロドが嫌いかね」

「いえ、嫌いというわけではありませんが……」

教授は学生たちと顔を見合わせた。

その瞬間の彼女には、彼らのこころの声がはっきりと聞こえた気がした。


――聞いたか？　たしかにこの女の発言について聞いたな？


背筋が寒くなった。嵌められたことに気づいたのだ。危険思想を抱く作家への傾倒とその作風の模倣、流布計画の保有。それが自分の罪とされるだろう。

「……先生、いったいこれはなんですか」

「なにって、ただの質問だよ。学生と教授が詩について話している。それだけじゃないか」

「念のため宣言しますが、私は危険思想に染まってはいません。ヒューロドが嫌いでないといったのは、質問によってそう答えるよう誘導されたからです。この場に居合わせた全員にその点を誤解してほしくはない」

「だがそのように言葉の端々を捉えては同志を売り、数々の人生を潰してきたのはいったいどこのだれかね。え？　いったいどの口が誤解などという曖昧な語を発するのだね」

そこでモモは、学内において彼女自身が繰り返した非情な行為について、眼前の男が知っているのだという確信を得た。

「きみには失望したよ」と教授は鬚を擦りながらいった。「どのような背景を持って青年同盟の諜報員になったのかは知らん。それについて深くは訊かんよ。単純に保身を動機としていたのだとしたら軽蔑するがね。まあきみにはきみの人生がある、他者がとやかくいうことではない」

「……」

「私が憤りを覚えるのは、きみ自身は学生としてここで文学を学び、その表現形態のすばらしさや伝達の可能性を認識していながら、一方では青年同盟員として自由な表現を潰そうとしていたという事実についてだ。きみは国にとって不都合な思想を持っていたことを理由に、私の下にいた学生や助手たちを密告した。なあ、教えてくれないか。どうしてそんなことができた？　それをやることが国をすばらしい方向へ導くとほんとうに信じていたのか」

モモは黙っていた。劣勢において、沈黙することは雄弁であることよりも強い。だが教授はその姿勢すら嘲った。

「黙るのか」と彼はいった。「表現のための言葉を持っていながら自分がやったことを説明もできず、また目の前の相手を論理で説き伏せることもできないとは。作家志望が聞いて呆《あき》れるよ。この国のごくごく平凡な民だよ、きみは。特別な人間になるための資質がない。先の会話においてきみの詩を褒めたが、もちろんあれを本気と受け取ってくれるなよ。誘い水としての手続きだ。まさか本気で自分に才能があるなどと思っているわけではなかろうな」

そういわれてなお彼女は黙り続けた。意思のちからで黙っていたというよりは単に声が出なくなったというほうが正しい。指摘が胸を抉ったせいだ。いい返そうにも言葉が出ず、呼吸だけが荒くなった。目の焦点が合わなくなり、近くにいるはずの相手を遠くに感じた。

モモは長椅子から立ち上がろうとしたが、直後には傍にいたふたりの学生にからだを抑え込まれた。

「きみを部屋から出しはしないよ。我々を告発する手紙を書くにちがいないだろうからね」

教授がモモに対して求めたこと、それは改悛《かいしゅん》だった。

「自身がやったことを認め、今後同様の行為を繰り返さないと誓うのなら、きみの学生の身分は剝奪せず、引き続き学びの機会を与えよう」と教授はいった。「我々がきみに求めるのは信頼なんだ。すなわち、きみのような者が身近にいるとわかれば、教員も学生も自由な指導や学びを行えなくなる。私だって世を知っているつもりだ。自由な思想なんてものの表出がいかに危険かは知っているよ。しかしそれでも、せめて学び舎においてはすこしの自由があってほしいと願っている。私だけじゃない、きっと多くの教員が同じ意見だ。もっとも、私以外にそれを言葉にする者はないがね」

教授は椅子に深く腰掛け、テンプルを摘んで眼鏡の位置を直した。

「ミア」と彼はいった。それが大学でモモが使用している偽名だった。「ミア。私はきみを恨んでいるわけではない。ただ、この学び舎で起きることについては見逃してくれといっているだけなんだ。創作の過程においては国にとって不都合な思想も表出するだろう。だが目を瞑《つむ》っていてほしい。さもなくば、この国から意見というものはいずれ完全に消えてしまう」

ミア。懐かしい響きだ。学内に友を持たないモモは事務手続きの場面でしかその名を呼ばれない。おかしなものだな、と彼女は思う。自分はいとも簡単にソフィアになったりミアになったりする。もはやモモというほんとうの名を呼ぶのは、グラヴと、記憶の中の家族だけだ。

「わかりました。もうこの場において思想調査活動はしません」

「そうか。わかってくれたならなによりだ」

モモは立ち上がった。ふたりの年長の学生は遮らなかった。

「貴重なご指導、感謝します。先生」

とはいえ、モモは彼らについて密告の手紙を書かないわけにはいかなかった。不都合な思想を持っている者を知っていてなお告発しなければ「警戒心の欠如」によってこちらが罪に問われる。そして自分が逮捕されることになれば、そのときはグラヴをも巻き添えにするだろう。教授が先にこちらを密告しないとも限らないこの状況を考慮すれば、やられる前にやるしかなかった。

4

教授たちが捕まることはなかった。

密告から一週間経ってなお、あの日研究室にいた三人は大学の敷地内を歩いていた。彼らが捕まっていないのを知ったとき、モモの胸は張り裂けそうになった。三人の命運それ自体はどうでもいい。重要なのは、党という強い後ろ盾はすでにこの身からは失われてしまったという事実のほうだ。もはや党本部は一部の青年同盟員からの密告を信頼してはいない。それどころか、情報提供により国を攪乱《かくらん》する動機を持つ不安分子と見なしている可能性すらある。かねてより抱き続けてきたわるい予感が、いよいよ現実味を帯びはじめた。

モモはあらためて、グラヴに逃亡の必要を説くことになった。

逃げなきゃ。私たち、ここでは生きていかれない。もうすぐほんとうに捕まってしまう。

5

都市のあらゆる出入り口には赤色のスカーフを巻いた監視が立てられており、このごろ新たに発行された通行証を持たない者が外へ出ることを妨げていた。彼らを除けば路上で言葉を発する人間は皆無だった。先週は都市と外とを隔てる塀際で小屋を直していた職人が逮捕された。金槌を叩く音の律動で塀の外に情報を伝達したと疑われたことによって。いまや境界に近い範囲を通行する者はめっきり減った。あたりが静かになると、彼らの仕事はいっそうやりやすくなったように見えた。

モモは部屋を出るのを恐れるようになる。扉の向こうにだれかがいるのを察知するたび、ノブを握るのをやめる。足音の主は自分を逮捕にきた者かもしれない、そんな考えが脳裏を掠めるだけで脚がすくんでしまうのだ。気配が消えるまでのあいだ、ひりひりした痛みを胸に抱えて過ごした。彼女が見つめる扉の下部には、椅子の脚が擦ってできた傷がいくつもあった。共用部の壁の高い位置に吊るした調理器具を取りにいく際に生まれたもの。グラヴは椅子の持ち方が下手で、しょっちゅうここにぶつけていた。刻まれた線の数は、彼と過ごした歳月の長さを示す指標だった。

もう将来の夢のことは考えなかった。夢どころではないというのが理由の半分で、才能を否定されたからというのがもう半分だった。恐れていたし、傷ついていた。たしかなことは、ここから早く離れたいということ。

どこへ逃げれば安全かなど知るはずもなかった。頭にあるのはすこしでもましな場所へと向かうことだけ。そうやって彼女はふるさとを捨て、恋人と出会ったこの街を捨てる。生き残るためには多くを投げ出さなければならない。家、荷物、仕事、愛着、信念、従順さと愛国心、夢。すべてを抱えたままでは遠くへは行けない。

グラヴを説き伏せるには勇気が要った。モモは寝台に座る彼の横に腰を下ろすと、まずは言論のちからに頼らず手に手を添えた。彼女は指にちからを込めたが、彼は込めなかった。

都市で暮らすようになって以来、モモは感傷を殺し、こころを硬くしながら生きてきた。だから家族を引き裂かれた過去を持っていてなお、青年同盟員として多くの家族を引き裂き、また引き裂かれる家族を目にしても平気でいられた。だがグラヴとともに過ごした歳月が、彼女を農村にいたころの少女へと戻しかけていた。こころの柔らかさを取り戻しつつあったのだ。だから、目の前の恋人に家族との離別を迫る際には、胸が痛んだ。

「……あなたはまだ、この街を離れたくない？」

「さあ。自分でもわからない」

「……お母さんがどこかにいるかもしれないから？」

グラヴはうなじに手を添え、首を捻りながら「ああ」といった。「そうかもしれない」

返事よりも先にモモの注意を引いたのは彼の所作だった。気怠げな仕草に彼女はここ ろ惹かれた。ごまかしと煩わしさとを含んだ態度に男を感じた。そして、異性としての グラヴを意識するほどに、ぼろで不衛生な服を着る女としての自分が恥ずかしくなって いった。モモは青年同盟から支給された比較的質のいい衣類を所有していたが、それら はめったなことでは身につけないようにしていた。よい物を持っているというだけで他 人から妬まれ、憎まれるのがこの社会であり、共同住宅という空間であったから。モモ は滅びゆく農村を思い出す。あのときに起きたことの本質も、ここで起きていることと 同じだ。

こうして声を殺して話し合ういまも、薄い壁の向こうではこの会話を聞き取ろうと耳 をそばだてている者がいるだろうか。彼女は部屋の壁を見つめながら考える。いるはず だ。いつだってだれかがだれかの秘密を暴こうとしている。自分の些細な利益のために、 またはそれが真に国のためになると信じて。

彼女の視線の先にある壁は黄ばみ、あちこちに黴が生えていた。狭い空間で多くの洗 濯物が干されるせいで、いまや建物内部のほとんどの壁はこんな具合だ。ここに住みはじめた当初、隣で暮らしていた消防士の男が真夜中に立てたマッチを擦る音をモモは懐かしく振り返った。顔はよく覚えていない、名前もわすれた。記憶しているのはマッチの音だけ。その男は夜中、何度も火を灯していた。おそらくは時間を確かめようとして。彼がいつしか出ていったと、あるいはよくあるように都市から消えてしまったと知ったのは、顔を見かけなくなったからでなく、マッチの音を聞かなくなったことによってだ。あのひとはいまごろどうしているだろう。まだ生きているだろうか。沈黙の真っ只中、そんなことに考えを巡らせていた自分に呆れて、彼女は小さく首を振る。どうかしてる。こんな家のこんな壁に感傷を覚え、たいして知りもしない人間に地縁にも似た繋がりを感じるだなんて。

「じゃあ、ここから出て行くのはやめる?」モモはグラヴにいった。「大切な家族がこの街にいる可能性があると信じるのなら、それに縋りつくのもひとつの選択だと私は思う」

「大切な家族はいま隣にいる」と彼はいった。「ぼくらはいつまでも一緒だ」

モモはもう一度指にちからを込めた。今度は彼も込めた。

6

都市を脱するにあたって、ふたりは古典的な手段に頼った。密輸業者からの助力を得ることにしたのだ。どの時代にも非正規なやり方で境目を越え、場所によって価値が変わる物を運んでは己を利する者がいる。彼らはいたるところに知り合いを持ち、開くはずのない門を金でこじ開けるやり方を知っている。グラヴはそういう業者にこころ当たりがあるといった。

モモは不安になった。仕事を探していた時分、危ない仕事に勧誘されたのだと。密輸業者は実利を重んじる冷酷な集団だ。荷が、たとえ高かろうと人間だろうと、自分たちを危険に晒す場合には簡単に切り捨てる。

グラヴが直接交渉にあたるという点も不安材料のひとつだった。彼らの横暴を食い止める術は信用の保持以外にないからだ。継続的に彼らに仕事を回すような紹介者でもあいだに入っていたならまだ安心できただろう。なにしろ信用を失くせば次の仕事は得られなくなる。だが、グラヴとモモではそういう抑止力を生み出せるはずもなかった。

ほんとうに大丈夫なの、と彼女はいった。それにお金は？　どうやって支払うつもり？

それはなんとかする、と彼はいった。

そうして決行の日はやってきた。部屋に大した荷はなかったが、持っていきたいものはたくさんあった。食糧や水も心配だった。業者がきちんと用意してくれているとは思えない。だが彼女は、不安を押し殺し、欲望を抑え、最小限しか持ち出さずにおいた。逃亡にはたくさんが必要だが、たくさんを抱えていては逃亡を図る者と喧伝しているのと変わらないから。

青年同盟員になって以来、すこしずつ増えていった荷物をモモは名残惜しさをもって撫で回した。ペン。何種類かのシャツ。白いコップに破れていない傘。どうせ置いていくのならだれかそれらを必要とする者に与えるべきだろうか。とはいえ、共同住宅の中に分け与えたい人間はいなかった。彼女は寝台の上にそれらを並べ、毛布で隠し、扉の鍵を閉めておわかれをした。

モモとグラヴは日中に河川へ行き、スレート葺きの屋根を持つ倉庫の陰に隠れた。日没を待つあいだ、ふたりはほとんど話さなかった。川幅は広く、流れは穏やかで、陽が傾くと水は黄金色に輝いた。

彼女は、自分が薬を飲まされるかもしれないことを心配していた。密輸業者が人間を荷とする際、それが騒ぎ出すことによって招かれる危険を考慮し、事前に睡眠薬のようなものを飲ませるのはしばしばある手段だと聞いている。それは普通、尋常ならざる圧力に耐えられず泣きだしかねない赤子や年少のこどもを連れている場合に限った話であるはずだが、彼らが薬の摂取を強く求めてくる可能性がないとはいえない。そうして無防備な状態にされてしまえば、なおさら約束が守られる可能性は低くなるような気もしていた。

彼女の不安をよそに、彼は小さな声で腹が減ったといった。

肉料理が食べたいな。いつかきみがいっていたような壺で調理した肉料理をさ。

夜が深まったころ、船着場に三人の男が現れた。彼らと落ち合うや、グラヴはたいした挨拶もなしに、実務的なやりとりをはじめた。モモは彼らのひとりに古いボートの上の木箱に入るよう指示された。建設資材に紛れて用意されていたその箱は小さく、ふたりで長時間隠れるには心許なかった。箱を構成する木材はささくれ立ち、肘がぶつかると棘に刺された。

グラヴは船着場で密輸業者の男たちと長いこと話し合っていた。おそらくは料金についての交渉。大金を請求されているにちがいない。そもそも、彼はどうやってその金を工面したのだろう。金歯を入れていたのならそれを買収に用いるというのはありえたが、彼のがたがたの歯にはどんな立派なものも嵌まっていないことを彼女はよく知っていた。

しかし、真相を恋人に訊く機会は、とうとう訪れなかった。

男のひとりがエンジンをかけると、ボートはグラヴを乗せないままに発進してしまった。

「ちょっと、まだ彼が――」

モモは港に残る恋人に呼びかけようとした。

だがボートを運転する男は彼女を箱の中に乱暴に押し込み、蓋に鍵をかけた。

「騒ぐな」男はいった。「見つかったらどうする」

ボートが揺れるたび箱のあちこちに頭をぶつけた。腕を突っ張って耐えようとしたものの、船酔いがひどくなり、箱の底に吐いた。彼女は背を側面に押し付け、蓋の隙間から空気を吸おうと喘《あえ》いだ。冷たい空気を肺に取り込んだあとにはゆっくりと、雪の日をゆく鹿みたいな緩慢さで、脱力が訪れた。

モモは、グラヴが彼自身を代価にして密輸業者を動かしたのだと理解した。彼にはふたりぶんの費用が作りだせないとわかっていた。ゆえにひとりだけを都市から逃がそうとした。

箱の中、彼女のこころは乱れた。救われた気持ちと見捨てられた気持ちとが半々だった。金銭だけがこの状況を生んだ事情でないことにも気付いていた。結局、彼は母親をあきらめることができなかったのだ。

恋人の選択には納得できた。身を挺して都市から逃《の》がしてくれたことには感謝したし、この国で知らない者同士がこころ通わせ合うことの困難さを理性で受け入れようと努めた。それでも、いつまでも一緒だという彼の発した言葉が結果的に嘘になったことを思うと、これまでのわずかな幸福の時間さえ紛《まが》い物に成り下がったように感じられ、むなしさを覚えた。自分は彼にとっての真の家族にはなりえなかった。

ふと今後美しい思い出とともに彼を振り返ることができないかもしれないと考えたとき、彼よりも大きなものが人生から遠ざかってしまったのだと彼女は知った。

7

ボートでは一日以上揺られた。途中、合流する大きな船に貨物として載せ替えられ、さらに遠いところまで運ばれる。それが事前の説明だった。だからボートが停まったときには、当然そのための手続きが踏まれるのだろうと想像していた。

実際にはちがった。

密輸業者が己の利益のために仕向けたことか、単にしくじった結果かはわからない。グラヴが裏切った可能性については考えないようにした。それはあまりに救いがない筋書きだから。

木箱の蓋が打ち壊されたあと、赤色のスカーフを首に巻いた者たちが一斉に覗き込んできた。

逃亡者だ、と彼らのひとりがいった。

第三部

〈G〉1937年

1

兵士たちの監視の下、逮捕者の一団は駅のある街まで歩かされた。モモのまわりにはいろんな人間がいた。都市からの脱走を図って失敗した者や「人民の敵」とみなされた者。暴力に訴えて好き勝手暴れた者。行先はみな同じく監獄だった。

駅のある街に到着したあとに放り込まれたのは教会の残骸のような場所で、逮捕者たちはそこで二日後に到着する列車を待てという指示を受けた。

「……二日後って、それまでの食事や水は？」だれかが訊くともなしに訊いた。

兵士は、自力でどうにかしろ、と答えただけだった。

一団は、その崩れかけた建物の中で適当な場所を確保して眠った。窮屈な空間において四隅は唯一居心地のよさそうな場所に見えたが、横取りされることを危惧してか、陣取った連中は藤壺だか巻貝だかのように壁に張り付いたきり動かなかった。

二日のあいだ、モモはなにも食べることができなかった。口にしたものといえば、少々の雨水だけ。窓から手を伸ばし、外壁を伝う水を指で掬い、口へ運んだ。あまり強い雨ではなかったので何度もそれをやる必要があった。器を持っている者たちをうらやましく思ったが、その羨望も長くは続かなかった。彼らは妬みを抱いた者たちに殴られ、器を奪い取られていた。

列車到着予定日の朝、モモは朦朧としていた。農村にいた時期にすら経験したことのない激しいめまいに世界が霞《かす》みはじめていた。土埃に塗れた硬い床に耳を当てながら、彼女はとうとう自分が死ぬのだと思った。

ひもじさのあまり、なんでもいいから口に入れたかった。やみくもに伸ばした手が捕らえたのは灰色のコンクリートの破片で、それが腹の足しにならないことははっきりしていた。だが彼女はしゃぶった。三十秒から一分くらい。そして吐きだした。涎が糸を引いていた。

最後に、自分を労《ねぎら》ってやろうと考えた。白く汚れた指を髪の中へと運び、頭を撫でた。いつだか母や姉がしてくれたみたいに。自分が弟にしてやったように。そうして愛しいひとたちのことを思い出すと、遠い日の幸福を間近に感じることができた。

しかし、あらゆるものは手にしたそばから取り上げられてしまうのがこの国の常で、幸福な死も例外ではなかった。意識が遠のいたころ、彼女は列車が到着したことを知らせる警笛を聞いた。数分後には、食糧の入った籠を持った兵士たちが現れた。

食糧を前にしても暴動は起きなかった。暴れるほどの元気が残された者はいなかったから。

2

逮捕者の一団は列車への乗車を命じられた。

兵士には胸部や恥部を含めからだ中を触られた。凶器を保持していないことの確認だ、と彼はいっていた。最初の兵士による点検を終えると、次の兵士が現れて同じようにした。二重の確認の意図があったというより、単に触りたいだけのように見えた。とはいえその手つきに、火の上のやかんが沸騰するときのような激しい欲情が伴っていたかといえばそんなこともなく、小銭を拾うときに似た消極さのほうが多く含まれているようだった。べつに拾いたいわけじゃない。でもそれが目の前にあって、拾わない理由もべつにない。そんな程度の意思によって、各人の抱え持つ女としての尊厳もまた、簡単にすり減らされていく。

身体検査ののち、逮捕者たちはありとあらゆる自殺のための道具を取り上げられた。ボタン、ベルト、靴紐、靴下。飲み込んだり首を吊ったりするのに使える可能性のあるものはなんであれ没収された。ようするに国は、捕まえた「人民の敵」たちに唯一残された抵抗の手段、すなわち真実を明らかにしないままに自殺することを予防しているわけだ。滑稽なことだ、とモモは捕まえる側であったころから思っていた。大半の逮捕者たちには明らかにするほどの真実もないというのに。

「ばかげてる」と近くにいた女が呟いていた。「ベルトや靴紐はわかる、でもスカートのゴムや靴下まで取り上げる必要がある？」

「静かに。聞かれたらどうするの」と別の女がいった。

「だって靴下でどうやって死ぬっていうのよ。だいたいあたしたち、ここで飢え死んでいたかもしれないのに。やってることがめちゃくちゃくちゃじゃない」

「めちゃくちゃはいまにはじまったことじゃないわよ」

女性たちのゴムを抜かれたスカートはずり落ちそうで、男たちはそれを卑しい目で眺めていた。靴から紐を失った者たちはぎこちなく歩きながら列車に乗った。

モモのいる位置から窓は望めなかった。列車が進むあいだ、外の風景の代わりに手前の女の背を見つめた。首回りの汗染みはこの大陸を模した地図のように象られていた。停まらない列車の中で、彼女は自分がその大陸上をどこからどこに向けて動いているのかを想像してみようとした。故郷は背骨の隆起の左側で、都市は右側。これから向かうのはうなじへ垂れた黒い髪が掠める襟ぐりのあたり。

走行音は耳障りだったが車両内は静かだった。汚物溜めのバケツがかたかた揺れる音が聞こえた。次の停車駅まで空にされることのないその中身こそ、空間を覆うひどいにおいの原因だった。

ぎゅう詰めの列車に揺られること数十時間。一団は目的の場所に着いた。

車両から降ろされたあとには徒歩行を強いられた。これまでのどんな移動よりからだには応えた。足に馴染まない紐無しの靴を引きずり、ゴム無しのスカートを手で押さえながら前へと進んでいると、緊張と苛立ちとが交互に訪れた。もう歩けない、何度そう思ったかはわからない。一歩進むごとにからだの部位と部位をつなぎ止める螺子《ねじ》が外れ落ちていく気分だった。頭が重く、鼻の奥が痛く、こんなにも寒いのに背に熱がこもっていた。

疲労のあまりうずくまる囚人は多くいた。後先を考えられなくなった人間たちの背はひどく丸まり、小さな岩にでもなろうとしているかのようだった。護送兵に蹴られたりこづかれたりすると大半の者は正気を取り戻したが、何人かは開き直って梃子でも動かぬ意固地の抵抗を見せていた。モモがそういう者たちの横を通り過ぎて何十秒かあとには銃声が響いた。そういうものだ。

火薬の弾ける音が乾いた空気の中を駆け抜けると、移動する人々のあいだには緊張が走った。恐怖から泣き出す者もいた。銃弾で頭を撃たれる者に銃声を聞くことはできない、という話を以前に聞いたことがある。弾は音より速いからというのがその理由らしい。ほんとうかどうかは知らない。至近距離から撃たれる場合も同じなのだろうか。であれば、撃たれる者たちは最後になにを聞くのだろう。弾が空気と擦れて立つ囁きが、ほんのすこしでも耳に届くことはないのだろうか。

ようやく見えてきた監獄は陰鬱さを醸し出す灰色の壁の建物で、そのあらゆる小さな窓には鉄格子が付いていた。高いフェンスと新時代の芸術を思わせる過剰な量の有刺鉄線、そしてそこに絡みついた白い布切れの存在が、連行される者たちの胸に淡く抱かれていた脱走の望みを打ち砕いた。白い布切れは、難破船上の船乗りがだだっ広い海に向けて振る旗みたいに、ちからなく風にはためいていた。

監獄が近づくにつれ、モモの胸は苦しくなった。深い湖を潜っていくかのようだ。水のかわりに多くのものが彼女を押し潰そうとしていた。壁や床には銃弾がめり込み、扉の枠には血痕が残っていた。乾いた血に混じってこびりついた長い髪の毛の不気味さは、その後長く彼女の意識に留まった。

3

最初の部屋での検査は屈辱的だった。白衣を着た男が囚人たちを不潔な手で触った。瞼の裏、舌、局部、尻。彼は一度も手袋を替えず、消毒液もかけなかった。黄ばんだゴムに包まれた指が舌を押さえたとき、その妙な味と鼻をつくにおいのせいでモモは顔を歪めた。苦しい素振りを見せても白衣の男の態度はすこしも変わらなかった。人間として扱われている感じがしなかった。保守管理される機械かなにかになった気分だった。

割り当てられた監房には定員の何倍もの人員が収容されていた。「人民の敵」とされた者のあまりの多さに彼女は驚いた。囚人たちはほとんどなにも喋らず、話したとしてもひそひそ声だった。気を張っていたモモには、他者が声を殺してする会話のすべてが自分への中傷のように感じられた。

監獄における救いは、食事が、それほど多くはないにせよ支給されるところで、囚人たちはだれもおいしそうに食事を摂っていなかったが（ただし不満や文句は口に出さない）、モモはそれほどひどいものとは思わなかった。朝食はコーヒーだか茶だかわからない妙な味の湯と一切れのパン。昼食は臓物か腐ったキャベツを煮込んだ汁物。夕食はだいたい昼食と同じ献立で、たまに多少ましになった。彼女はどれも天の恵みに感謝しながら食べた。朝食のあとには、狭い中庭を輪になってぐるぐるまわるだけの運動の時間があった。たいしてからだを動かした気にはならなかったが、すくなくとも頭はからっぽにしておけた。

夜は最悪だった。消されることのない明るい照明と、手を毛布の中に入れてはいけないという規則が、眠ることを著しく困難にしていた。入所して日の浅い者が無意識のうちに毛布に腕を隠すと、看守が警棒で鉄扉を激しく叩いて怒鳴った。おかげで周囲で眠っている者まで起こされた。

4

監獄において危険思想を暴き、あるいは単に認めさせ、収容所に送って国を支える労働力にする。それが逮捕から労働収容所送りまでの一連のシステムだった。ゆえに囚人は執拗に取調を受けた。認めるべき罪がなくとも認めるまでそれは続いた。あるいは認めていてなお、惨《むご》たらしい手続きは過剰に、そして淡々と、繰り返された。

「この国では沈黙が推奨されるが、唯一例外といえる場所がある。どこだか知っているか」モモを担当した取調官は眼鏡をかけた顔の小さな男だった。「考えるまでもないよな。取調室だよ」

彼は几帳面な手つきで万年筆をばらし、布で部品を拭い、組み立て直した。白い布は真っ黒になったが、手はすこしも汚れてはいなかった。

「取調官という役職の数すくない良いところは、話し相手を持てるということだ」と彼はいった。「相手に喋らせるのが仕事だし、喋らせるために自分が喋ることもできる。目の前の相手がなにかを外に漏らす可能性を恐れる必要もない。なぜならきみたち囚人には、銃殺されるか収容所送りにされるかしか、たどるべき道が残されていないからだ」

実際には取調など名ばかりで、いわれたことを全面的に認めるだけの時間だった。工具箱を抱えた兵士が傍に控えていたので、認めない、という選択肢はなかった。拷問が生む悲鳴はこの部屋にも聞こえていた。監獄のあらゆる壁は分厚いはずだが、取調室だけは別かもしれない。各取調室を隔てる壁は、場の残忍さを効果的に知らしめるため、敢えて薄く作られているように感じられた。ときには怒鳴り声とともに会話の内容まで聞こえた。隣室の囚人は取調官に仄めかされた罪のなにもかもを、おそらくは自身にまったく関係のないものまで、無抵抗に認めているようだった。おねがいです、おねがいですから、もう……それはやめてください……。その惨めったらしい嘆きの中の自白には、取調官がいわんとすることを先回りして理解し、加えられる痛みを減らそうとして進んで発しているらしきものもあった。

拷問がいつ、どんなことをきっかけにはじまるのかはわからない。すくなくとも目の前にいる男に、手荒なことをする気配はなかったのだ。ただ、それをはじめない保証もまたどこにもなかった。モモは従順でいることを決意した。

そうして彼女の罪は、たったの数分でまとまった。

「まったく。このごろはゆっくり話もできやしない。囚人が増えすぎたせいだ」と取調官はいった。「護送兵が直接収容所に連れて行ってくれれば助かるんだが。しかし取調官というのは与えられる仕事としてはわるくない。なにしろ働いていない者を罰するのがこの国だからな。働かざる者食うべからず、だ。おい、次を連れてきてくれ」

日曜の夜には手紙を書いた。

まわりの女性囚はみな夫や恋人、自分のこどもや両親に向けて現在の状況を綴っていた。ここにいる「人民の敵」たちの多くは都市出身で、ゆえに読み書きに不自由している様子もなかった。

ところどころに削り跡と芯のめり込んだ窪みのある木板の上で、モモもまた文をしたためた。配られた便箋は三枚で、封筒は一枚だけだった。都市部にいたころにも便りを送ってはいたが、返信を得たことは一度もなかった。家族が無事でないなどと考えたくはなかったので、彼女は別の可能性を信じようとした。返事がこないのは、郵便物が検閲されたり破棄されたりして、目的の場所に届けられていないからなのだ、と。それゆえここで手紙を書くことが怖くもあった。返事を受け取っている者がいたからだ。何人かの囚人が漏らしていた笑みは、きちんと配達がなされていることの証明だった。

モモは住む者を失くした家の郵便受けに無数の封筒が突っ込まれている様を想像する。だれにも開かれず、顧みられず、雨に濡れ、風が巻き上げる砂塵に汚された手紙。届けようとして届かなかった言葉たち。未達の想いの惨めな死骸。

不安が胸を埋め尽くすと、彼女にはなにひとつ適当な言葉を思い浮かべることができなくなった。時間が迫ってきたので、とりあえず自分の無事と所在とを告げる文の下に〈これを読んだなら返事をください。〉と記した。

看守が手紙を回収した何分か後には、やはり手紙など書くべきではなかったと後悔した。

5

監獄に来て二週間が経ったころ、囚人のひとりが話しかけてきた。

姉のアンナと同じくらいの年齢に見える、青い瞳の美しい女だった。

声は小さく、嗄れていて、口に耳を近づけなければなにをいっているのか聞き取れなかった。その話し方が個性なのか、ここでの生活の必要が生み出した様式なのかはわからない。音量の不足を身振り手振りで補っていた。

その女はまず、これまで監房のだれもがモモを無視したことで孤独を感じさせた点について詫びた。「ごめんなさい。でも無理のないことなのです。監房にも密告者は送り込まれますから。新参者は往々にして警戒されます」

彼女の指の何本かからは爪が剝がされていた。血が滲み出てはおらず、処置を施されてからそれなりに時間が経っているようだと知れた。下唇には醜い裂傷があったが、それは看守や取調官によって直接つけられた傷というより、痛みを堪えるときに自身の前歯が食い破ってできたものに見えた。

「……密告者って……この監房にも、そういうひとがいたの？」

「ちょっと前までは」とその女はいった。「密告者の存在可能性を仄めかすのは監獄にとって都合のいいことなんです。そういうひとが監房内にいるかもしれないと考えさせるだけで、囚人たちの団結を阻害できる。不平不満を漏らすことの抑止力にもなる」

「……でも、どうして私にそんな話をするの？　私が密告者でないとも限らないのに」

「十日も観察してればそうでないことくらいわかります。この国の沈黙の伝統が培った観察の才を侮ってはいけないということです」

その女は名をエリサといった。聞いたところによれば、彼女は若くして都市部の男性と結婚したものの、まもなくして夫は無実の罪により「人民の敵」として逮捕され、次には妻である彼女も同じようになった。

彼女曰く、配偶者が失われたのは一瞬のことだった。ある日の暮れ、エリサは風呂掃除をし、夫はキッチンでケトルをコンロの火にかけていた。そして彼女が部屋へと戻ったときには、愛するひとはもういなくなっていた。玄関の扉が開きっぱなしになっていたこと、彼がいなくなったことのふたつを除けば、なにひとつ普段と変わりない夕刻。ケトルの中身が沸騰し、蓋がかたかた揺れ、蒸気が不穏な音を立てた。吹きこぼれた湯が火を消したことに気づくまで、彼女は放心したきり動くことができなかった。

当時、親切な隣人はエリサに早く逃げたほうがいいと助言を与えた。

——逃げなければ、妻であるあなたも逮捕されることになる。自分でもわかってるだろう？

だが伴侶が逮捕されたあと、残された配偶者が逃亡を図って失敗した例は数え切れないほど知っている。先月は何軒か先の家に住む若い女が真夜中に逃げた。逃げたとわかったのは、未明の通りに赤子の泣き声が響いたから。寝台で夫とともに眠っていたエリサの胸には、逃げる女に対しての深い同情の念が芽生えたという。赤子を連れて逃げ果《おお》せるわけはない。よしんば追っ手から逃れてどこかへたどり着いたとして、複雑な事情と幼い子とを抱えた女を雇う者などいない。毛布を顎まで引き上げた寝台の上のエリサが願ったのは、この先に赤子が迎える結末がひどいものでなければいいということ。その辺に捨てられたり、預けられた先で惨《みじ》めな人生を歩んだりしないといい。それから彼女は、毛布の中で夫の胸に手を載せ、自分をその女に置き換えてみる。夫が逮捕される日がきたら、自分もあんなふうに逃げるだろうか、と。夜の帳《とばり》を駆け抜けていった女とはちがってエリサと夫のあいだにはこどもがいなかった。もし夫が失われたなら、いったい自分にはなにが残る？

結局、エリサは隣人の助言に従うことにした。逮捕される前に都市から逃れることを望んだのだ。しかし彼女が予期したよりも早く迎えはやってきてしまった。逃亡のための荷造りをしていた昼、玄関の扉は叩かれ、彼女は自分の決断と行動が遅すぎたことを知った。

監獄においては、夫の罪について証言するよう日々取調官に迫られたが、エリサは頑なに拒み続けた。結果、彼女からはひとつずつ権利が減っていった。まずは運動の権利が。次に眠りの権利が。それでも音を上げずにいると、最後には独房に閉じ込められた。

「あのときは気をおかしくしかけました。独房とは想像を絶するような場所です。この監房もひどいところですが、あそこと比べればずっとまし」

囚人ひしめく監房で言葉のやり取りをするのに、ふたりはほとんど頬と頬をすり合わせていた。モモはエリサと話しているあいだ、ずっと彼女の耳と話している気分だった。

「とはいえ、わたしの抵抗など無意味もいいとこ。取調官も愛想を尽かしてしまった。たぶん、わたしはもっとも劣悪な労働収容所に送られることになる。国へ非協力的な姿勢を示した罰として」

「素直に旦那の罪を認めたほうが、あなたのためになったかもしれないのに」

「主人のいわれなき罪を認めたら、彼がほんとうに悪者になってしまう。それだけはいやだったのです」

「無実の罪なんてこの世では毎日生まれる。知ってるでしょ」

「それでも、わたしは夫の無実を信じ抜くと決めた。たとえその行為になんの効果もなかったとしても」と彼女はいった。「モモ。あなたもまた、いわれなき罪によってここへと放り込まれたのですか」

「いいえ。いわれなきというほどでもない」モモは肩をすくめた。「よくある話よ。正当な手段に拠らず都市を脱しようとした。それだけ」

モモは小声で話しながら、実は目の前の女こそ監房の密告者なのではないかと訝《いぶか》った。親身なふりをして近づき、取調では漏らさなかった情報を収集する。しかしモモはすでに取調官の前で罪を全面的に認めていたので、現在話している相手が密告者であろうと不都合はなかった。釘を刺す意を込めてその事実を告げたところ、相手に戸惑った様子はなく、柔和な笑みを浮かべたきり。

「そう。あなたはここに来た直後には罪を認めたのですね。では、あなたがここから次の場所へ移送される日は、わたしの移送日と同じであるかもしれません」

彼女はゆっくり手を握りしめて拳を作った。剝がされた爪を話し相手の目から隠すみたいに。

「だいたい二週間後です。列車でまたうんと遠くへ連れていかれる。とはいえ、そこが最終目的地というわけでもありません。移送は何度も繰り返される。それ自体が罰ですから」

6

監獄での生活において重要なことの大半はエリサが教えてくれた。モモは彼女から衛生と品位を保つための術を学んだ。魚の骨で針を作る方法を、廃棄される衣類から糸を収集する方法を、そして細々した道具を隠す方法を。急造の針と糸が手に入ると破れた衣服を直すことができた。ゴムのない着衣を引っぱり上げながら歩く必要もなくなった。

「ここで生き延びるために必要なものはふたつ。ひとつは知恵です。いまわたしがあなたに授けているような。知恵のない人間に壊れたものを直すことはできません。そして壊れた物は自分で直さない限り、ここでは永遠に壊れたまま」

「知恵と、もうひとつは？」

「希望です。希望をなくして自殺した人間を数えられないほど知っている。兵士たちが靴紐やゴムを取り上げるのも無理のないことです。ここではみなが簡単に死を選ぼうとする。彼らが囚人を生かそうとする理由があるとするなら、労働力として使い潰したいからだといえるでしょう。ゆえに囚人にとって自死は、単なる労働力に変えられることを阻止する、国に対する最後の抵抗になりえますが、とはいえそれもばかげたことです。命を失ってしまえばなにもかもおしまい」とエリサはいった。「モモ。あなたにも希望はありますか」

「家族に会いたい」と彼女は反射的に答えた。「はなればなれになってしまったから」

「ではその感情を胸に抱き、生きる望みを失いかけたときには強く思い出すといいでしょう」

モモは拵えた糸と針を壁と床の境目の隙間に隠しながら、はたして父や姉はまだ生きているだろうかと考えた。その可能性が高くないことだけははっきりしていた。

「わたしも夫との再会が夢です」とエリサはいった。「かつて夫とこんな約束をしました。もしもどちらかが逮捕されることがあっても、我々は必ず再会を果たそう、と。ですから、わたしは彼より先に家に着き、その帰りを待ち続けたい。彼の帰りを家で待つことだけが、かつてのわたしの務めでしたから」

「でも、罪を認めるのを散々拒絶してきたのに、あなたの刑期が短く済むことなんてありえる?」

「まさか」

「だったら、帰りたくても帰れないじゃない」

「ええ、そうなりますよね。本来なら」

そこでエリサはモモの耳に顔を近づけ、いった。

「実はわたし、脱走を考えているんです。最終目的地に送られるまでの中継地のどこかで」

脱走。

モモは思わず顔を引いてエリサの目を見つめた。彼女は視線を逸らさなかった。

「計画の実行には協力者が必要です。あなたも故郷に帰りませんか」

7

モモ自身、青年同盟員として都市部で同じ手を使ってきたからわかる。相手にとって好ましい思想の保持を仄めかし、その心中を見透かす。隠れた敵を炙り出すための常套手段だ。エリサの提案を聞き、抱きかけた信頼が一瞬揺らいだ。この者は自分を陥れようとしているのかもしれない。

「わたしのこと、疑ってますね」と彼女はいった。「無理もありません。こんな提案をされたら怪しむのが普通でしょう」

「……信じたいけど……なにを根拠にあなたを信用すればいいのかわからない」

「残念ながら、わたしは自分が信用に足る人間だと証明するものを持ちません。でもこれだけはいえる。あなたはわたしを信じて失うものなどないはずだと。だってそうでしょう。刑罰が重かろうが軽かろうが、故郷に帰れなくては同じではないですか。なにしろわたしたちが行き着く先は、人間を缶入りの燃料みたいに使い捨てる場所。からっぽになった途端に潰されるのはわかってる。生きて家族と再会を果たしたくば、命を賭した逃亡を図るしかない」

モモはこのときほど長くエリサの顔を観察したことはなかった。睫毛《まつげ》は長く、鼻の横には細かな傷があり、こめかみには大きな痣がある。肌の上にいくつもかさぶたができている。白い湖を西から東へ渡す赤い飛石みたいに。

「わたしはあなたを信頼する。だからあなたもわたしを信頼すべきです。沈黙が秩序を敷き、他人への疑心が至るところにはびこるこんな世にあっては、協力者になりうる人間はそう簡単には現れない」

「私に話しかけたのも、計画を実行する仲間にしようとして?」

「ええ」

「……その計画って、うまくいく見込みがあるの?」

「わかりません。中継地での運次第です」

〈H〉

1

移送日の朝。中継収容所に移送される数百人は屋外で四つのグループに分けられた。気温はいつになく低く、地面には霜か降りていた。体重をかけると靴の下で氷の粒がめりめり潰れた。横にいる者、前に立つ者、全員が小刻みに震えていた。囚人たちの細い脚は地面から生えた枝も葉もない植物のようだった。

薄い靄が視界を狭めていたが、空に昇った陽ははっきりと望めた。太陽のまわりは、その熱が遮る雲のすべてを溶かしてしまったみたいに、鮮やかな青が囲っていた。靄の内側から覗くおぼろげな景色の中、その凜とした色だけが割れる直前の氷を思わせる張り詰めた鋭さを宿していた。

周囲をうろつく兵士たちは長靴《ちようか》を地に擦らせ、威圧的な音を立てた。よろけて列を乱した囚人は彼らの持つ銃の底で顎を打たれた。

グループ分けは最終移送先の労働収容所ごとに行われているようだった。各集団は中継収容所までは同じ列車で送られるが、そこから先は別々の場所へと向かうことになる。

エリサの姿は隣の集団の前方にあった。ふたりの最終的な移送先は同じではなかった。

モモは西北の油田開発の要所に近い収容所へ。エリサは最北東の収容所へ。

最北東。

モモの脳裏にエリサの話が蘇った。中継収容所までの列車での移送はまだましで、最悪なのは中継収容所から最北東の労働収容所へと向かう際の船による移送なのだと。

噂を耳にしたことはありませんか。

彼女はすこし顔を強張らせながらいっていた。

男と女は船上にて隔離されるのが規則で決まっているはずなのに、実際にはそれを遵守しない看守がほとんど。ゆえに船の上では悲劇は絶えません。船上では暴徒と化した男性囚たちが女性囚を集団で襲うのだといいます。柵を壊し、穴をこじ開け、引きずり出して。尊厳を踏みにじられた女たちは海に投げ込まれて終わり。看守たちはそういう暴動を止めようとはせず、放っておくか自分も加わるかするだけ。

おそらく、わたしの最終移送先はその最北東の収容所です。とはいえ、船に乗るつもりはさらさらない。故郷に帰るどころか生存すら難しくなる。ゆえに脱走は、中継収容所にいるあいだに為される必要があるのです。

2

中継収容所へ向かう列車の鉄格子付きの車両の寝台は、これまでに経験したどの寝床よりも狭いものだった。移送効率の観点から、囚人たちは頭と足とを交互に逆さにして詰め込まれていて、右を向いても左を向いても、泥や尿便の跳ねた靴が常に顔の横にあるという有様。缶詰の鰯《いわし》のような混み具合だった。

逮捕された者たちが監獄、そして各地の収容所をたらい回しにされるというのはそれなりに知られた事実だ。その窮屈な空間でモモが学んだのは、囚人への懲罰と国土の広さは好相性だということ。苛酷な移送それ自体が懲罰と教育の過程たりえる。きっと収容所に着くころには疲労困憊で、反抗心は消え失せているだろう。目先の楽を手に入れるためにならば、どんな命令にも従順になれるにちがいない。監獄と収容所をたらい回しにする企みは、つまりはそのような点にあるはずだった。

例によって、配給される食糧はすくなかった。一日に二百グラム程度のパンと塩漬けの魚だけ。一番の問題は口にできる水の量で、コップ一杯きりだった。どうしてこれほど配給される水がすくなかったかといえば、護送兵が囚人をトイレに連れ出す手続きを煩わしく思ったからであったらしい。

ひどい環境とあっては、死者は当然出た。列車の中でだれかが死ぬたびに囚人の多くはよろこんだ。ひとが減って使える空間が広がるからというだけでなく、死体を降ろすための停車時に水を飲む幸運にありつく望みがあったがために。特に雨降り後などにはみながこぞって外に飛び出し、水溜まりの水を啜った。囚人たちは清潔な水を争った。脱走の恐れのある場合を除いて護送兵たちが秩序を敷くことはなく、最終的には囚人間の暴力が場を収めた。強い者が水を使いたいように使い、弱い者は汚い水を使うか、またはあきらめるしかなかった。

ある停車時。水溜まりに群がる囚人たちの姿を眺めながらモモは立ち尽くした。死者が出たことに嬉々としたり、我先にと他者を除ける様にうんざりして。

ふいに姉が懐かしくなった。

——奪われようとも奪ってはいけない。

アンナはいつも他者を思い遣ることの大切さを説いていた。一緒にいた時分にはその説教臭さに辟易《へきえき》したこともある。だが姉は正しかった。いまも彼女がそばにいてくれたらな、とモモは思った。このこころはどんなに救われたことだろう。

一方で、姉みたいなひとは長く生き残れはしない現実を理解してもいた。水や食糧を他者に譲ってばかりいては、己の命を繋ぎとめることはできない。

姉の死について考えると、真上から降る陽のあたたかさが、途端に慰めのように感じられた。

3

一団が中継収容所にたどり着いたのは監獄を発ってから一週間後だった。
列車から降ろされたあとには多くの者が倒れた。モモもそのひとりだった。疲労が蓄積していたせいであり、窮屈な姿勢で詰め込まれている時間が長かったせいでもある。まっすぐに立つ感覚を思い出すには時間が必要だったが、とはいえ倒れた者たちはすぐに自分のからだを起こさなくてはならない。いつまでも地に伏していては打ち据えられるに決まっていた。
重い足どりの末に見えてきた施設の敷地は広大で、その面積は故郷の村の倍はあるように見えた。敷地と外とを隔てるゲートに掲げられたボードにはこんなスローガンが刻まれている。

《私は勤勉な労働により、祖国への罪を贖《あがな》い、その負債を清算する！》

敷地内に入ったあと、囚人の整列と点呼があった。人数の確認には時間を要していた。

人数が合わない、と護送兵たちは文句をいったが、それは旅路の途中で彼らがあまりにも簡単に囚人を殺し、または見殺しにしては、列車を停めて放り捨てていたせいだ。

囚人たちは男女に分かれ、長い列を作ってひとつの建物の前に並んだ。その時点では次になにが待ち受けるかを知りようもなかったが、訊ねる者は皆無だった。進むのを待つあいだ、モモを含めた囚人のほとんど全員が腕や脚を擦っていた。寒くてというよりは痒《かゆ》くて。潤いのない皮膚は簡単に剝がれ、おとぎ話に出てくる妖精が飛翔時に撒き散らす黄金色の鱗粉みたいに、からだから離れていった。

建物内部からの指笛と笑い声は屋外にまで聞こえた。なにが起きているのかわからず不安を覚えたが、列が進むとそこで行われていたことが知れた。全身の剃毛だ。指笛は、女たちが服を脱いで全裸になるのを眺める、かね折れ階段の柵にもたれかかった兵士たちが鳴らしていた。

モモも虱《しらみ》だらけの服を脱いだ。まわりの女性たちはそうではなかったようだが、自分のからだが好奇の目で見られているとわかっても屈辱を感じなかったし、恥とも思わなかった。彼女はそれを、一瞬は自分の強さだと思い込んだ。

だがそれは錯覚だった。髪を含めてあらゆる毛がなくなるとモモはショックを受けた。もはや容姿にこだわる必要はどこにもない。好色の兵士どもを除けばだれも見た目など気にしない。にもかかわらず、別人のようになった自分の顔を鏡で確認したとき、こぼれてはいないはずの涙を頬の上に見た気がした。自分が、望み薄とは理解していながらも、こころのどこかでグラヴとの再会を夢見ていたことに気付いたのもそのときだった。すでに失われた夢だ。こんな姿で再会を果たすくらいなら二度と会わないままでいい。

故郷に帰りたい、その瞬間の彼女は切実に願った。記憶の中の故郷には彼女が失ったすべてがあり、そこに戻れば失ったもののいくつかは取り戻せるような気がしていた。

剃毛を終えた全裸の女たちが次に向かった先は倉庫で、そこには衣類が用意されていた。先刻まで身につけていた虱だらけの服はすでに捨てられたようだった。

支給衣類の寸法はたいていが大きめだ。大は小を兼ねるのがこの国の生産における合理なのだと山積みの布たちが示していた。新しい衣類も決して清潔とはいえなかったものの、これまで着ていたものに比べればましだった。刺し子のパンツやジャケット。ゴム底の長靴。二叉手袋。フェルト帽には耳当てまでついていた。

坊主頭の囚人たちがひっきりなしに自分に合うサイズの衣服を求めて交換を行う中、モモはエリサを見つけた。振り向いた彼女とその青い瞳は美しいままで、髪の毛が無くなったことで印象は変わったはずなのに、不調和は感じなかった。

「ああ、モモ」とエリサはいった。「無事でよかった」

混沌の中、ふたりは短い話をした。なにについて話しているのか、話している最中は深く意識しなかった。のちには記憶に残らないほどのとりとめのないこと。いずれにしても、話の内容はどうでもよかった。互いの腕に触れながら言葉を交わすうちに安堵が、内側からあふれ出て震えた。

倉庫の中に号令が響くと囚人たちは喋るのをやめた。警棒が鋼製の支柱に打ちつけられて甲高い音が立った。一帯がしんとしたあと、兵士が「服を持って中庭に出ろ」と怒鳴った。

いわゆる「選別」の時間だ。中継収容所にいるあいだの仕事の振り分けがここで決まる。

「選別」の過程は単純だった。呼ばれた者は前に進み出て医師に尻を触らせる。医師は尻の皮膚を押して筋肉量を計る。筋肉量の多い者は負荷の多い労働に。すくない者は多少ましな労働に。モモは自分よりも前に並んでいる女たちの尻を眺めた。どれも貧相で、たいして変わりがないように感じられた。

「選別」の結果、エリサには近隣農場での労働が、モモには収容所に近接する繊維工場での労働が割り当てられた。

囚人たちは列を組み、文字通り暗い道を歩いた。すでに陽は沈んでいた。前を歩く者の背さえはっきりとは見えなかった。数百メートル先の建物群、おそらくは囚人たちが住まうバラック、からは光が漏れていたが、暗闇から望むそれは希望と見立てるにはあまりに陳腐な輝きしか放っていなかった。実際、行った先に希望なんてないことはここにいるだれにもわかっている。それは、この数百メートルの歩みに限った話ではない。どこまで歩いても同じなのだ。たどり着く場所に自分の愛する者はいないし、自分を愛してくれる者もない。現在ここを歩くのは、すべてを取り上げられた者だけだ。

やがて投光器の光が一団の横断する地を照らすと、そこが道ではなく練兵場だったのだとわかった。

照らされた地表は肌色と桃色のあいだみたいに見えた。どこか父親が加工していた木材の色に似ている、とモモは思った。照明の光を反射して鈍く輝く敷地の隅の岩は、溶けた鉛のようだった。

生活棟群へと到着すると、新参の囚人たちは割り当てられた労働の種類に応じてそれぞれのバラックに入っていった。あちこちに修繕跡が残るその建物には上下二段の寝台がぎっしり詰められており、主にその下段が空いていた。入れ替わりで中継収容所を出ていった者たちが使っていた場所かもしれない。上段を陣取る古参の囚人たちは卑しい目で新たに訪れた者たちを眺め、ときおり品のない笑い声をあげた。新参の女性囚が空いていた下段のひとつに腰掛けると、古参のひとりが近づいて「寝台を使いたければ衣類を交換しな」といった。新参者は断ったが、直後には顔を殴られ、身ぐるみ剝がされていた。モモもまた別の古参に上着を交換するよう迫られ、ほとんど無抵抗に応じた。逆らっても無意味に終わることがこの世にはたくさんある。新しい衣類と引き換えに渡されたものはどうしようもないほど古く、臭く、そして丈が短かった。

新参の囚人たちは奪われるだけ奪われた挙句、結局は寝台を使わせてもらえなかった。夜。彼女たちは底冷えする硬い床で寝た。真夜中には寝台に陣取る古参たちが床めがけて物を放りこんできた。なにがどこから飛んでくるかわからなかったので、モモはからだを小さくまとめてやりすごした。

兵士たちが干渉しないバラック内は無法地帯も同然だった。ここもまた碌《ろく》でもない場所だ、と彼女は思った。看守たちが厳格な管理体制を敷いていた監獄のほうが、まだましだった。

4

鉄板のように平らな雲が空を覆い、霧が遠景を隠した。朝の庭から見えるのはせいぜいフェンスの数メートル先までで、曇りの日の閉塞感はここが隔絶された地であることを繰り返しモモに教えた。とはいえ、晴天であれば彼女の気分が上向いたかというと、そんなこともない。周囲を遥々望める日には大地の途方もなさが孤立を感じさせた。濯いだ雑巾から染み出す水を思わせる薄茶色の地面が延々と伸びる様は、脱走の気概を挫いた。

モモが中継収容所を発ち最終目的地へと向かうのは半年以上後とされていたが、エリサは早ければ三か月後にも船に乗せられる可能性があった。脱走の準備を急ぐ必要から、ふたりは強制労働終了後に暗くなった屋外で打ち合わせた。監獄と異なり夜間の行動は比較的自由ではあったが、その自由は恐怖と抱き合わせでぶらさげられたもの。この地の夜において真に恐ろしいのは男性囚だとすべての女性囚が知っていた。屋外のトイレに行こうとバラックを出た折に暗がりで襲われたという事件は、すでにいくつも耳にしている。

エリサが農場への行進中に観察したところによれば、この収容所の敷地は正方形に近いかたちをしているようだった。監視の目を行き届かせるための合理の形状。監獄同様、有刺鉄線付きのフェンスで囲まれてはいたものの、なにかを足場にすれば乗り越えられなくもない高さに見えた。とはいえ、あらゆる脱走の試みに対し抑止力は存在するわけで、高い監視塔で銃を構える狙撃兵と、フェンスに近づいた囚人を警告無しに撃つことができる規則がそれに該当した。境界際のいたる場所に繋がれた獰猛な犬たちは絶えず低い唸り声を上げている。

ようするに、フェンスだけでなく多くの要素が囚人をこの地に閉じ込めていた。

――有蓋貨車に偽の隔壁を作りその内側に隠れてこの地を脱する。

エリサのその脱走計画は数年前に別の収容所で起きた脱走の逸話を下敷きにしていた。

「なぜ列車を狙うかはいうまでもないでしょう。いかんせんこの国は広すぎる」と彼女はいった。「隔壁の設置のために職人を見つけ出す必要があります。もちろんここにいる囚人の中から」

話を聞くモモには、その計画は言葉ほど簡単でないように思えた。車両に近づくにせよ工作を行うにせよ、自由な時間と広い行動可能範囲がなければ、なにもはじまらない。まずは割り当てられた仕事から変える必要があった。すこしでも楽で、自由な行動を許される職に。なにしろ現在の業務はきつすぎるし、制約が多すぎる。

ただ、仕事の割り当てを変えるためになにをすべきかについては、見当がつかなかった。ふたりは話し合い、結局は人脈を築く以外に手段はないと結論付けた。警備兵、もしくは影響力のある囚人に取り入って便宜を図ってもらう。この国では昔からいわれていたことだ。必要なのは百枚の紙幣より百人の友。裏で手を回してくれる存在を持たない者には悲惨な生活しかありえない。それがここでの現実だった。

5

繊維工場では毎日十六時間働かされた。換気設備がないため、塵芥のせいで喉や鼻が痛んだ。工場での労働にも楽なものと楽でないものがあり、モモのように肉体を使って場内の資材運搬をやる者がいる一方、機械が動いているかいないかを見張るだけの、仕事ともいえないような仕事を割り当てられている者もいた。国の標榜する生産の効率化を体現する場所が収容所であったはずなのに、実際には合理とは正反対のことが進んでいるとモモが気付くようになったのは、そのような囚人間の労働格差を目の当たりにするようになってからのこと。彼女は労働を通じ、あらためて人脈がいかに大きな役割を果たすかを知った。

モモも影響力を有すると思しき囚人の何人かと懇意になろうとはしたが、提供可能なものを持たない彼女を相手にする者はなかった。警備兵に性を売るという手段もなかったわけではない。実際、女性囚の中にはその手段を使う者も多く存在する。そうすることには明らかな利点がいくつかある。まず第一に、複数の警備兵に乱暴される恐れがなくなる。第二に、仕事や生活において多少の便宜を図ってもらえる可能性が生まれる。かくいうモモ自身も、警備兵のひとりに誘惑されたことはあった。

「おい。もっと食糧の配給を増やして欲しくないか」

その兵士は小太りで、脚が短く、赤ら顔だった。収穫されなかった林檎が、せめて自分で脚を生やしてどこかへ行こうと頑張ったなら、こんな見た目になるかもしれない。

「繊維工場以外の場所で働きもしたいだろう。どうだ」

彼の息は、よく乾かされもしないうちに抽斗へと収められた刷毛のような饐《す》えたにおいがした。彼女は首を振り、頭を下げて彼の前を去った。

以降、バラックの古株たちによるモモへのいやがらせがはじまった。荷を隠され、寝床を水浸しにされた。あの小太りの兵士に抱かれている女はすくないらしい、と彼女は思った。

6

モモにはエリサが、長期間をこの地で過ごすうちに、いつか脱走の意志を失くしてしまうかもしれないことを恐れているように見えた。そして、彼女は明らかにモモに対しても同じ心配をしていた。おそらくはエリサが監獄にいた時分、逃亡への協力を求め結束を誓い合った者たちの意志が、幽閉されているあいだにすこしずつ、しかし確実に削がれていくのを多く目の当たりにしてきたせいで。

自由を奪われ、恐怖のどん底に突き落とされた者たちが思考を鈍化させ、何事に対しても関心を失っていく。当時、そんな様を観察したことで、エリサ自身も幾度となく故郷への帰還の気概を挫かれかけたのだろうとモモは察した。

いつか訪れるかもしれない無気力に抗うため、ふたりは意識的に脱走のことを夢想し、語り合い続けた。本来なら身体を鍛えるのが望ましい、とエリサはいった。からだこそが逃亡を遂げる上でのもっとも重要な武器であり、同時に意志を保持し続けるための強固な器にもなるだろうから、と。管理と鍛錬の習慣は心身へ好影響をもたらすだろう。しかし実際のところ、それは無理なことだった。日中の労働だけで疲労困憊の有様。余計にからだを動かす体力もなければ、それを可能にするほどの十分な食糧もなかった。であれば、日中の労働を訓練と思って勤しむしかないとふたりは考えたが、それもまた簡単なことではなかった。つらい時間はただただつらく、自分のためだとか偉大なる目標のためだなんて思考は吹きとび、眼前の苦を和らげてほしいという以外に頭に思い浮かぶことはなにもなかった。

囚人の中に職人を探している折、自分たち同様、この中継収容所からの脱走を企てている人物に出くわした。金色の髪と細長い顎、そして尖った鼻を持つ、三十歳前後の女だった。

「もちろん、脱走はそう簡単なことじゃない」と女性囚はその短い金髪を掻きながらいった。「ここに来て長いけど、何人も脱走に失敗したやつを見てきた。大抵は死体になって帰ってきたよ。裸にされたあとゲートに吊るされるんだ。見せしめにね」

三人は食堂の片隅にある食べこぼしと擦り傷だらけの机を囲んでいた。空間に詰め込まれた机が多すぎるせいで通路は狭かった。脇を通るだれかがぶつかるたびにトレーはがたつき、ただでさえすくないスープがそこにこぼれた。

その女性囚によれば、脱走が不可能である最大の理由は、ようするにまわりになにもないという点にあるようだった。閑散とした地において、よしんばフェンスの外へと脱したところで、周囲に食糧入手可能な場所はほぼ存在しない。命からがら集落にたどり着いたとしても、そこの人々は収容所からの茶や小麦の報奨を目当てにこぞって囚人を捕えようとする。結局、脱走囚には飢え死ぬか収容所に逆戻りするかしか選択肢がない。故郷にたどり着くために問題になるのは、常に水と食糧だった。

「食べるものが手に入らない、というのは理解できるけど」とモモはいった。「だったら、保存可能な食糧を事前に蓄えておけばいいんじゃない？　脱走の際に荷を詰めた袋ごと持ち出すの。そうすれば当面食糧の心配をする必要はない」

「そんなことはみなが考えたはずだよ。だが大きな荷を持ったままで機敏に場外へ出られると思うかい？　追っ手から逃げ切れると思うかい？　荷物を持っていったやつはみな平原を走る過程でそれを放り出したというよ。狙撃手にとって、あらゆる動く物体は的だ。すこしでも足がもたつけば直後に撃たれる。あんたたちはまだこの収容所のまわりがどんな具合かを知らないのかもしれないが、ひどいもんだよ。夏になっても草木は狙撃手から身を隠すほどには伸びない。おまけに蚊がうじゃうじゃいる。真冬には雪が身を隠しはするだろうが、そう幾晩も越すことはできないだろう。凍った死体を見たことはあるかい？」

金髪の女性囚は錆びたカップの中身を飲み干した。彼女の頬骨は飛び出ていて、その上には目のようなかたちの裂傷があった。唇はひび割れ、眉は薄くなっていた。

「ところで、あなたの脱走計画とはいったいどんなものですか」とエリサが訊いた。

「わたしたちの目的は同じです。教えてくれれば互いに協力できるかも」

「さあ、どうだろうね。あんたたち、最終目的地は？」

そしてエリサが最北東の収容所に向かうことになると知るや、金髪の女は首を振った。

「かわいそうに。あそこはひどい場所だって話じゃないか。噂はいやというほど聞くよ。朝には寝床に自分の髪が凍って張り付き、手袋は皮膚にひっ付いて取り外せなくなる。コップの中の水は飲む前に凍ってしまう。そもそも女は生きてあそこまでたどり着けるかどうか」

「だからこそ、わたしたちはここにいるあいだに脱走しようとしているわけで」

「しかし残念ながら、あんたたちはあたしの計画には参加できないよ。いかんせん移送日がちがう」

「つまり、あなたは移送際の脱走を企てている？」

「さあね」とその女はいった。「加われない者にこれ以上詳しいことを明かせやしないよ」


一週間後。その金髪の女性囚を含む一団が次の目的地へと旅立っていった。

移送中の列車から十数人の囚人が脱走を図ったという報せが中継収容所まで伝わってきたのは、それからさらに何日かが過ぎたころのことだ。

7

事件の全容はこんな具合だ。

まず金髪の女性囚率いる一団は、隠し持ち込んだ糸鋸《いとのこぎり》の刃で護送兵の目を盗んで車両の壁に穴を開けた。次には車両巡回中の護送兵を集団で殴り殺し、鍵を奪った。一団は夜間に列車が森を通過する時機を待った。そしてその瞬間が訪れるや、鍵を使って緊急事態を知らせるサイレンを鳴らした。

暗い夜の森の真中で列車が停まると、一団は予め開けておいた穴から一斉に外へと飛び出し、森で散り散りになった。それは集団で脱走を図る際の常套手段だ。何人かは撃たれたり捕まったりするだろう。しかし何人かは逃げ果せるかもしれない。

金髪の女性囚が企てを実行したと知るとモモは複雑な気分になった。同志が自由を得たことをよろこんだ一方、嫉妬に似た仄暗い感情も生まれた。この脱走が成功したことで今後列車の警戒はより厳しくなるだろう。ふたりの計画は事実上潰《つい》えたといえた。

8

さらにその二週間後。脱走を図った囚人たちが全員死んだと知らされた。

脱走囚の多くは餓死体として、あるいはそれに近い極めて衰弱した状態で、発見されたという。

計画時点では森で食糧を十分に調達できると考えていたのかもしれない。だが実際には、期待したほどの収穫はなかったようだ。

今回もまた、脱走囚は食糧の問題に敗れてしまった。

発見された時点では生きていた者も逮捕直後には殺された。話によればそういうことだった。

9

かつてグラヴと出会う前、都市部で青年同盟員として活動していたころには、モモは毎日のように日記を綴っていた。当時、身の回りのだれも本音では話さず、他者と通じ合える機会は皆無だった。だから彼女は、現実世界とは別に逃避の場を求め、自分だけの世界で裡にある言葉を吐き出した。

日記の文章は、だれに読ませる予定もなかったのに、しばしば手紙のような体裁になっていた。それが、いつかだれかが読んでくれるかもしれないという希望を捨て切れずにいたがゆえに生まれた形式であったと気づいたのは、日記をつける習慣を失くしたあとでのこと。無意識のうちに、自分の大切なひとが自分の世界を覗く日が訪れることをこころのどこかで期待していたのだ。

だが収容所の悲惨な現状、ゲートに吊るされる脱走失敗者たちの無残な姿を目にするうちに、そんな希望や感傷は一刻も早く捨て去るべきだと思い知らされる。だれも故郷に帰らないし、自分の日記を覗き込まない。いくら目を背けようともそれが現実。

モモとエリサが恐れたとおり、先の脱走事件を機に移送時の警備はより厳重になった。

列車周辺を巡回する兵士の数も増え、夜間に細工を施す策は不可能となった。

エリサが代替案を見出そうと躍起になっていった一方で、モモは脱走について多くを語らなくなった。自分たちを閉じ込めるものからはどんな手を使っても逃れられない、そう思いはじめていたからだ。囚人たちの挑戦と失敗の歴史がそれを証明している。相棒が逃亡への情熱を失いはじめたと見るや、エリサが計画について語る回数も減った。最後には、とうとう顔を合わせてもなにも話さなくなった。

ふたりはバラック裏の木樽に座り、太陽が沈んだ方向を眺めていた。月は丸く、真白だった。遠く西にある山々の尾根には月明かりが反射し、そのぎざぎざの輪郭が闇に浮きあがっていた。

夫に会いたい、とエリサは呟いた。それはモモに話しかけたという感じでなく、まるで寝言のようだった。こころの声が漏れ出てしまったことに気づいた彼女は、さも最初からモモに話しかけていたのだと装うみたいに「あなたも家族に会いたい、そうでしょ?」と同意を求めてきた。問いに対し、モモはなんの返事もせずにおいた。

西からの風がバラックのブリキ板をぶるぶる震わせた。太鼓の音にも銃の連射音にも似ていた。

モモがいつまでも話さずにいると、エリサは自分のバラックへ帰っていった。

それからの日々は無気力のうちに過ぎていった。何度目の絶望かはわからない。それをかぞえたことはない。だが、これまでに幾度となく掴みかけたそばから望みを絶たれたことはたしかだ。故郷、都市、監獄、そして収容所。行く先々で人生の上に敗北が積み重ねられるのを彼女は見てきた。いつその重みで潰れてもおかしくはないはずだった。

やがてモモは自死について考えるようになる。実際に自らの手で死ぬことになるとは思わない。しかし自殺という選択肢は、この哀れな人生をさらなる絶望から逃してやるための方法としては魅力的だ。

彼女は繰り返し死を思い浮かべ、そしてたびたび夢を見る。自殺を決意し苦痛を伴う手段を採るが、いつまでも意識が肉体から離れずにひたすら苦しみ続ける夢を。自分がまだ死ねていないことを確認する意識を確認するが、それが夢であることまでは確認できない。夢の中の彼女はただただ嘆き続けている。その手段が入水にせよ飛び降りにせよ、簡単には死ねない宿命を。

10

繊維工場での労働はひどいもので、昼食時に食堂へと戻るぶんを除けば長い勤務時間中に与えられる休憩はたったの五分きりだった。可燃物の近くでの喫煙の危険を考慮してか、休憩所は地下に配されており、そこの椅子に腰かけたときに残っている時間はなにかを深く考えるにはあまりにも短すぎた。

囚人たちの多くはそこで煙草を吸ったが、モモはもう吸わなかった。彼女は椅子に座ると控えめに足を伸ばした。喉は渇き、胃はからっぽで、からだのあらゆる節は痛んでいた。十分な水と食事が欲しい。それから柔らかくてあたたかい寝床も。できることならノートとペンも。

とりとめのない思考の中で彼女は、いつだかグラヴと交わした、壺で作った肉料理を食べる約束を思い出した。肉汁と混じった玉ねぎのスープと、そこに浮く肉。柔らかさと風味を想像するだけで口が窄《すぼ》まり、頰が痛んだ。この場において料理は、もっとも想像する価値のない対象のひとつだった。惨めさとひもじさを掻き立てるだけで、なんら現実の役には立たない。実際的でない、という点においてはノートとペンも同じだ。それらがあったところでいったいなにができよう。あの大学教授からの指摘のとおり、このからだには平凡な才しか宿ってはいないというのに。

狭い休憩所の中で、育ててくれた父と母に申し訳ないという気持ちが不意に芽生えた。自分がなんのために生まれてきたのか、わからなくなってしまった。辺鄙な地の汚い工場で、なにに使われるかもわからない布を織って死ぬ。あんまりな人生だ。

五分の休憩はまもなく終わろうとしていた。囚人たちはたいして吸えてもいない煙草を灰皿に押し付け、椅子を立った。時間までに戻らなくては罰せられることはわかっている。それでもモモは、機敏に立ち上がることができなかった。

故郷に帰りたい、と彼女は思った。あそこで家族とともに農地を耕していくのが人生だと幼少のころは信じていた。祖先のため、後世のために大地を肥やす。祖父母や両親はそうやって生きた。だが自分たちはそうなれなかった。家族がささやかに紡いできた歴史をこの国がぶち壊したせいだ。

やがて彼女の裡にどうしようもないほどの怒りが湧いた。それはいつかの夜、警察署のビルの一室で、ユーリと引き離された日に覚えて以来の激しい怒りだった。食いしばった歯が唇を破った。

怒りに目覚めたあと、彼女は椅子を蹴り上げた。そしてひっくり返ったそれを抱えると、脂《やに》で汚れた壁へと投げつけた。

大きな音が立ったが、だれに聞こえるはずもない。

機械音がやたらやかましいのが工場の唯一のいいところだ。

〈I〉

1

中継収容所において、男性囚の多くは激しい消耗を伴う労働の末に使い捨てられた。炭鉱や油井《ゆせい》の採掘。ダム開発。苛酷な労働現場に駆り出された男たちは週単位で収容所には戻らず、そして二度と戻ってこない者もすくなくなかった。現場での食事は各個人の仕事ぶりに応じて与えられているらしく、体力に恵まれた者は生き残れる可能性を得たが、そうでない者は死ぬしかなかった。

「あそこでの労働は最悪だ。二度と戻りたくない」

橋梁工事の現場から中継収容所へと一時帰還した男性囚のひとりが口にした。

「あんたらも行ってみたらわかる。死体を数える気にすらならないだろう」

両手に巻かれた布のかたちから、指の何本かを失っているのがわかった。頭のところどころには髪の毛がなく、抜け落ちたと思われる箇所のほか、毟りとったと見える痕もあった。彼は、話をしているあいだも黙っているあいだも、なにかを探知する装置のように、数秒に一度右頬を引き攣らせていた。落ち窪んだ眼を見ていると、それが単なる癖でなく、労働の緊張に起因する身体症状の一種なのだとわかった。

その男は、精神的な限界を迎えつつあるらしく、思考が正常にできる状態であったなら吐かなかったであろう弱音をとめどなく漏らした。つまるところ、発言内容の危なさについて気が回らないほど疲弊しているのだ。あるいは、己の命の儚《はかな》さを知って、開き直っているのかもしれない。

「現場ではみなが暖を求めてあがいている。亡くなった者たちの様子からもそれがわかるほどにさ。抱き合った二人組の死体。掘った穴に頭を突っ込んだ格好の死体。車の下に潜っていてそのまま轢《ひ》かれた男の死体なんかもあった」

「現場の監督はなにをしているの」

「なにも」と彼はいった。「そういう人間がいるにはいるが、たいていあたたかいところに籠りきりで、作業に関する具体的な指示は出さない。そのくせ、囚人が目標を達成しなければ食糧なしの罰が待っているという理不尽な有様だよ」

「どうしてだれも逃げ出さないい？」

「逃げてどうする。まわりに食糧を得られる可能性のある場所すらないのに」

「すくなくとも徒歩で行ける範囲に工事現場とこの中継収容所とを連絡する列車はある、そうでしょ？」

男は右手に目を落とし、布についた土や煤の汚れを左手の小指と薬指とで取り払った。彼の両手の指で布の外に出ているのはその二本だけだった。

「そういうのを考えていたやつは何人もいたよ。たしかに列車に乗れれば遠くまで行けるかもしれないな。だがたいていは乗る前に見つかって惨たらしい罰を受ける。うまく忍び込んだとして、ここよりましな地にいける保証もない」

「脱走成功の話を耳にしたことは？」

「ない」

「ひとつも？」

「ああ。おれが知る限りではな」と彼はいった。「数年前に脱走を手伝ってやったやつがいた。ここに来る前は作家だったといっていたな。危険思想を有した科で『人民の敵』として捕まったんだとか」

彼は目を細めて遠くを見遣った。寒さが刻んだ深い皺には垢と塵が溜まっていた。口が動いても皺が薄くなることはなかった。

「あいつは息巻いていたよ。無事に異国へと逃れた暁には収容所と脱走についての本を書くって。それを発表すれば多少なりとも世界は変わるって。だが世界はすこしも変わらなかった。ようするにそういうことさ」

離れたところから犬の吠え声が聞こえた。フェンス際に繋がれた獰猛な犬たちは一頭が吠えると他の何頭かもつられて吠え出す。ここから続く果てしない原野に轟かせる声量を競い合うみたいに。モモはその声が苦手だった。以前、足を嚙まれた囚人を目にしたことがあったから。その牙が肉をどんなふうに食い破るかを知ったなら、だれでも銃より犬が恐くなるはずだ。

エリサは彼に、ここを脱するために有効と思われる手段を知らないかと訊ねた。どこで働いているのかと彼が質問を返してきたので、ふたりはそれぞれの割り当てについて答えた。

「農場ならまだ多少の可能性はあるだろう」とその男性囚はいった。「だが逃げたところでどこにもたどり着けはしない。なにしろ最後に問題になるのは水と食糧だ。逃げ出した者の大半は飢えてここへと帰ってくる」

「自由より食べ物が恋しくなって？」

「だろうな。だが実際には自由も食べ物もない。戻ったところでまず命がないから」

天気雨が訪れて小会議の終わり時を知らせた。見上げた空より降る小さな雫たちは望みもしないのに落ちてきている感じがした。雲を摑んでいたはずの手を次々滑らせてしまったみたいに。男は立ち上がると大きく伸びをし、首や肩を回した。

「あとは、女なら兵士に媚《こび》を売ることだな。屈辱だろうが、しかし命は繋ぎとめられる。誇り、尊厳、信条。生き残るためには多くを捨てないと」

彼は去った。

2

脱走の準備として、モモは長い帰途での生存に必要な物資の収集をはじめた。

まもなくして彼女は、かつては地理学を学んでいたという女性囚に巡り会う。その女は、日々の食事のいくらかを差し出すのなら、コンパスと地図を用意してやってもいいといった。

そうして入手したのが、工場の床からかき集めた廃材を組み合わせて作られた、女性囚手製のコンパスだ。針の揺れ方はおぼつかず、北でない方角を指していることが多かった。瑕疵《かし》を指摘したが女性囚は認めなかった。

周辺の地図は捨てられた布の裏に描かれた。各地点間の距離やおおよその標高、森や川の位置が図に示されていた。もっともらしい配置であっただけに、かえって疑わしくもある。

「あのね、行ってみればわかるけど、これってだいぶ正確よ。あたしが何年ここにいると思ってるのよ。このあたりは庭みたいなもんなんだから」

「まずどこをめざせばいい？」

「ここに向かうの」女性囚は地図上のなにも書き込まれていないところを指差した。

「なにもないように見えるけど？」

「ちがうわ。なにがあるのかわからない未開の地よ。収容所に駐留する兵士たちすらその詳細を把握していない場所。食糧があるかもしれないし、ないかもしれない。運よ。だけど逃げ果せるには、そういう不確実性に賭けながら行くしかないでしょう」

それから女性囚は、過去に収容所からの脱走を試みた者たちについても語った。話によれば、以前には収容所にも重労働で倒れた囚人を看護するための医務室があったようだ。脱走を企てる者たちは、まずは医師にうまく取り入って物資の調達を図るのが定石だった。だが、精神を病んだふりをしたり自傷したりする者が多く発生するせいで医務室が廃止されたこんにち、もうその手段は使えない。いまや囚人のための治療施設もなければ医師もおらず、倒れたら倒れたままで終わった。なにしろ労働力は次から次にやってくる。個人の回復を辛抱強く待つ必要はないのだ。

女性囚からコンパスと地図を得てなお、モモは日々の食を節約した。逃亡中の食糧の蓄えを作るため、余らせたパンは乾かして保存が利くようにした。彼女はほとんどだれも近づかなくなった倉庫の壁に釘を打ち、紐でそれを吊るした。まとまった量を確保できるまで何度も同じことをやった。

周囲の囚人たちが寝静まったあとには、兵舎裏のごみ捨て場に行った。宿舎夜番の兵士たちはたいてい酒を飲みすぎ、見張りに集中していないというのは、それなりに知られた事実だった。その日のごみ捨て場で、モモは汚れた飯ごうと折れたスキー板を見つけた。逡巡ののちに飯ごうだけを服の中にしまい、スキー板はごみの山へ戻した。

バラックに帰ろうとして振り向いたとき、杖をついた男がひとり、暗闇に佇んでいることに気がついた。彼女は驚きのあまり声を上げそうになったが、さいわい兵士ではなく囚人だった。分厚い口髭を生やした男性囚。見れば脚をわるくしていて、杖なしではまっすぐ立っていられないようだった。

モモとその囚人は顔を見合わせたまま固まった。しばらくの膠着後、彼女は、熊と対峙した者が後ずさるときのように、目を逸らさずに、一方で裡に芽生えた怯えを悟られまいと勇気を絞り出しながら彼と距離をとり、十分に離れたあとで駆けた。

バラックに着いたときにもまだ胸はばくばくしていた。ひどく単純な、しかし致命的な、過ちを犯した気分だった。扉の前で彼女は冷たい手を左右の頬に押し付け、足踏みをしながら恐怖が抜けていくのを待った。

3

繊維工場への移動中、遠い山並みより漏れ出る曙光《しょこう》からあたたかみを得ようとして、モモは列のいちばん外側を歩いた。射した陽は冷えきったからだをたいしてあたためはしなかったが、それでもぼろ靴に包まれた足は日向を探した。まっすぐ歩けと怒鳴られるまで、薄明るい地面から目を離すことができなかった。

故郷にいたころ、モモにとっての世界はいまよりずっと単純だった。真面目《まじめ》に働けば日々の生活は紡がれ、不十分なら苦しくなる。勤勉さをわすれさえしなければ、きょうと同じような明日が続くのだと、こころの底から信じることができた。だが変革の波が襲って以降のこの国は、すくなくとも彼女にとっては馴染みのない思想や概念で覆われてしまった。難解な言語でしか語られなくなった現実は、勤勉さの先に報酬があるとは限らず、悪天の後に好天が訪れることが保証されない世界へと変わってしまった。

昼。モモは食堂の片隅でエリサと落ち合った。農場での労働に勤しむ彼女の、まだ剝がされてはいない爪と指とのあいだには土が入っていた。モモはエリサの手に自身の父親を感じた。硬くなって破けた指の付け根の皮膚。黒ずんだ指先。親指の下、本来丸みのある部位は、凹んで戻らない粘土のように青く落ち窪んでいる。

かの男性囚が仄めかしていたとおり、農場での作業中なら脱走の可能性はたしかにありそうだとエリサはいった。警備兵の注意は往々にして散漫で、隙を見て逃げ出そうとする囚人も何人かいたらしい。ただ、一時的に監視下を脱することにはなんの意味もない。最後には渇きと飢えがその足を止めてしまう。

「それに、農地はどこまでも開けているわけで、降り注ぐ銃弾を避けきる望みは多くありません。実際、脱走を図った者たちも銃弾に斃れていましたから」

ふたりは彼のもうひとつの助言、兵士に取り入るという手段についても真剣に話した。モモの頭にまず思い浮かんだのは、先日自分を誘惑してきた小太りで赤ら顔の兵士のこと。

「利用できそうなのはひとりいる。あまり役立ってくれそうな感じはしないけど」

モモは兵舎の近くで件の兵士が出てくるのを待ち、姿を現したあとには物陰から指して教えた。「あれよ。あの太っちょ」

エリサはしばらくの思案ののち、あの兵士を利用する、といった。

明くる日。モモは小太りの兵士に近づき、繊維工場から他の仕事場へ移りたいと申し出た。彼の表情はいかにも卑しいものへと変わり、笑いと咳のあいだのような妙な音を口から漏らした。「そうか。なら今夜兵舎に来い」

歯の隙間から飛び出した唾は唇から顎にかけて透明な糸を引いた。

「今夜兵舎に行けば、私の望みは叶うのですか。他のどんな仕事を回してくれるというのです？」

「多くの約束はできん。だがいまよりはましなものへと替えてやるさ」

「たとえばの話ですが、私があなたになんらかの利益をもたらしたら、私をこの地から逃がしてくれるということはありえませんか」

小太りの兵士の顔つきは急に真面目なものへと変わった。彼は赤らんだ頰を触り、帽子を取って短い髪を掻いた。

「いまの話は聞かなかったことにしてやろう。だがそんな考えを抱くのは感心しない。もう一度口にしたら撃たねばならなくなる」

「あなたが丸儲けできるとしても、ですか」

収容所の兵士たちはみなサディズムか私利かによって動かされており、この点において、警備兵が囚人に脱走を唆《そそのか》すことは十分にありえた。兵士は脱走囚人を捕えれば特別手当や休暇の報奨を期待できる。おまけに弱きを撃つという快楽まで付いてくる。

「ひとり、脱走したがっている女性囚を知っている」とモモはいった。「彼女の脱走を後押ししてほしいの。あなたは逃げ出したその囚人をすこし離れた場所で待ち伏せ、撃ち殺し、ここへ持ち帰ればいい。そうすれば報奨を得ることができる」

「わからん。おれがそれをやることで、おまえになんの得がある?」

「私も彼女と一緒に逃げるの。だけど、あなたが撃ち殺すのは私ではないほうの女だけ。私のことは見逃す。あなたは脱走囚人ひとりぶんの報奨を手にし、私はあなたが待ち伏せ場所へ運んだ水と食糧を持って故郷を目指す。互いにわるい話ではないと思うけど」

小太りの兵士は顎に手を当てて考えはじめた。まんざらでもない表情をしていた。

提案を終えたモモがその場を立ち去ろうとすると、彼は後ろから呼びかけてきた。

「おい。今夜兵舎にくるんだよな」

「いいえ。もしいまの私の提案を気に入ったなら、あなたのほうが私のバラックの前へと来て。紙とペンを持って。それらは計画に必要だから」

4

小太りの兵士の計らいにより、モモの労働の割り当ては変わった。彼女の新しい仕事場はエリサと同じ敷地外の農場になった。それはふたりが脱走するために最低限必要な最初の準備だった。

農場でのはじめての勤務の日、モモの裡にはなつかしさがあふれた。湿った土は氷嚢のように冷たい。土塊《つちくれ》が指の中で解れる瞬間、自分は農民以外の何者でもなかったのだと思い知った。彼女は空を見上げた。故郷を思い出したくて仰いだというよりは、次に天気が崩れる時機を知るための徴《しるし》を探そうとして。

その農場には付近に囲障が存在せず、広い平原を銃弾が降り注ぐ前に突っ切らなければならない点を除けば、脱走における物理的な障害はなかった。警備兵はふたりいたが、逃亡を図る者があればすぐにわかるだろうという油断もあってか、警戒を怠りがちに見えた。

この地ではどんな労働も朝早くから夜まで続いていたが、脱走を図るとあっては劣悪な勤務形態も肯定的に働きうる。周囲が闇に包まれる直前に逃げ出せば、視認されづらくなるだろう。悪天の日であればなおさらだ。

――夕刻に天気が大崩れする予報が出た日に農場を脱する。

それが小太りの兵士にモモが伝えた計画だった。

「どのようなルートで脱走を図るかは事前に教える。あなたはその中途の地点で待ち伏せていればいい。私が連れ出したもうひとりの女をそこで撃つの。ただし、私が逃亡できるぶんの水や食糧をそこへ運んでおくことをわすれないで」

モモは兵士に企てを打ち明けながら、彼から地図を入手できることを期待もした。女性囚手製の地図よりも精度の高いものを獲得できれば、故郷への歩みをより確実なものにできる。たしかに兵士は胸ポケットから取り出した地図を開き、この一帯の地形を確認しながら約束を果たすのに適当な待ち合わせ場所を示しはしたが、それを定めると早々に懐へと戻してしまった。モモは率直にその地図がほしいと伝えてみた。正確な地図がないと、迷ったり戻ったりしてあなたを待たせてしまうかもしれない、と。だが彼はその要望については拒んだ。「おまえが地図を入手するだけしてとんずらする肚かもしれないからな」

とはいえ、地図を渡されないとわかっても気落ちはしなかった。どのみちそれほど期待せずに訊ねたことだった。彼にも、地図にも。

5

蓄えておいた食糧は毎日少量ずつ持ち出し、農場近くの土中に埋めた袋に入れた。一度に運ぶ量はポケットが不自然に膨らまない程度と決めていた。ただ、そもそもの大前提として、脱走の際に袋を回収できる見込みは大きくない。なにしろ降り注ぐ銃弾を避けるために一歩でも前に進まなければならない。屈んで荷を引きずり出す数秒すら惜しいはず。だから、こうして積み重ねた努力も、準備も、無意味に終わるという可能性はたしかにあった。

兵舎裏のごみ捨て場には足繁く通った。今夜こそ役立つなにかが見つかるかもしれないという期待を抱えて出向き、そしてなにも抱えずに帰った。兵士たちも、このごろは頭を働かせるようになったらしく、囚人に回収されそうな物は念入りに壊すようになっていた。古いカーテンは切り刻まれ、焦げ跡だらけの鍋の底には大きな穴が開いていた。

ある晩、モモは向かった先のごみ捨て場に先客がいるのを見た。以前にそこで出くわした囚人だった。杖をつき、口周りを分厚い髭で覆った男。靴が砂を擦る音を聞きつけると、彼は彼女のほうを向いた。

目が合うや、モモは引き返そうとして踵を返した。

男は「待ってくれ」と呼びかけてきたが彼女は無視した。

しかし歩みを止めずにいると、彼はもう一度大きな声でいった。「待ってくれ」

それで、彼女は立ち止まった。大きな声を出してほしくはなかった。

6

杖つきのその囚人はバクーと名乗った。普段はエリサと打ち合わせるバラック裏の木樽に、モモは彼と並んで座った。おかしな挙動を見せたら杖をついているほうの脚を蹴り上げてやるつもりでいた。だがよくよく考えればほんとうに脚がわるいかどうかも疑わしい。油断を誘うために負傷者を装っているだけかもしれない。

呼び止めておきながら、彼はなかなか本題を切り出さなかった。

しびれを切らしたモモが「私になにか用でも？」と訊いた。

「用」彼はいった。「あるにはある」

「ならそれをはっきりさせて。話すことがないならバラックに帰りたいの」

彼は髭を擦ったあと、「ここで待っていてくれ」といってどこかへ行った。

それからずいぶんな時間を待ったが、バクーは戻ってこなかった。彼女はあきらめて帰ろうとした。だが木樽から降りたとき、彼がなにを見せようとしているのかを気にしている自分に気づき、結局はその場で待ち続けることにした。ばかげたことだ、と彼女は思った。彼を待った先にあるのが暗い未来でないという保証もないのに。

さらに十分くらいが経ったころ。バクーは戻ってきた。彼は手に深緑色のザックを摑んでいた。

「この国で相手になにかを語らせるにはまずは自分が語らなきゃいけない、だろ？　だからあんたにだけは見せるよ、俺の秘密を」

ザックの中を見て彼女は驚いた。そこには本来囚人が手にすることなどありえないはずの物資が詰まっていた。固形アルコール。空の水筒。油。煙草。火口箱《ほくちばこ》。そして十数枚の紙幣。

「……あなたもここからの脱走を企てていたの？」

「昔にな」とバクーはいった。「あのごみの山から使えそうなものを集めてたんだ。故郷に帰ることだけが俺の希望だった。それがいまじゃ、ご覧のとおり」

彼は杖を掲げた。

「この脚じゃあ、とても脱走なんかできない」

「……労働中の事故？」

「事故が半分、故意が半分」

「故意とは？」

「怪我をすれば中継収容所から次の収容所への移送を免れられると思ったんだ。たしかに免れはしたが、結果、どこにも行けなくなった。愚かだよな。本末転倒だ」

彼は脱走のための食糧や物品の大半を兵隊経由で入手したのだと説明した。「以前、ここに勤務していた者が旧友でね。便宜を図ってもらったんだ。ほら、よくいうだろ。人脈こそがなにより大事だって。俺は恵まれてたんだな、自分でばかな怪我をするまでは」

そして彼はザックを寄越した。

「これ、あんたにやるよ。俺にはもう使い途がない」

「……もらっていいの？」

「ただし条件がある」バクーはいった。「あんたが無事生き延びたなら、俺の故郷に行って息子に会ってくれ。住所は裏地に縫い付けてある」

「会って、あなたの無事を知らせる？」

「いいや。まったくの逆さ」と彼はいった。「幸福に死んだと嘘をついてほしい。あいつのこころと人生に整理がつくように。人間にはなにかをあきらめるためのきっかけが必要だ。そういうものを持たないやつは、人生の貴重な時間をむだにしてしまう。わかるだろ？」

バクーが右腕で杖を振るうと、先端についていた泥が闇の中へ飛んでいった。彼は杖の先で樽の腹を、さもそれが一般的に行われる杖の調整作業かのような所作で、かんかん叩いた。

「ほんとうは自分で伝えたい。だがこの身体じゃかなわない。だから他に託せる人間が現れるのをずっと待ってたんだ。望みを絶ったあともごみ捨て場に行っていたのは、それが理由さ。あそこには、遅かれ早かれ脱走の望みを抱く者が現れるだろうから」

「私以外にもたくさんいたでしょうに」

「いた。だが託してもいいと思えたのはあんたが最初だった」

「なんで私になら託してもいいと思えたの」

「さあ。若い女だからかな」

モモはバクーの手を握った。感謝と同情の念、そして申し訳なさから。彼の手はごつごつしてはおらず、農民でも肉体労働者でもないとわかった。もしかしたら自分が都部で陥れた者たちの、青年同盟員によって密告され「人民の敵」にされた者たちの、ひとりかもしれない。とはいえ、ここにいる背景を訊ねたりはしなかった。囚人にとっては現在から先のことだけが重要で、過去のあらゆることは無意味だ。

「わかった。約束する。私はあなたの息子にその伝言を届ける」

バクーは微笑み、モモの足元を見ながら「もっとましな長靴が必要だな」といった。

「途方もない距離を歩くんだ、そんなのじゃ持たない。新しいのを手に入れておいてやろう」

7

モモは、食糧のときと同じ要領で、バクーから授かったザックの中身を農地近くの土中に移した。まずはザックだけをからだに巻いて農場に持ち出し、地面に埋め、それから中身を小分けに運んだ。もっとも頭を悩ませたのは飯ごうだった。分けられず、潰せず、衣服の下に隠してもそのかたちが浮き上がってしまう。ここにきて計画が露見する危険を冒したくなかった彼女は、それを持っていくのを断念した。

バクーは新しい長靴を用意してくれるといったが、いつになってもそれが手に入ったという報せはなかった。脱走の準備が概ね整ったあとにも彼女は兵舎裏のごみ捨て場へ行ったが、彼がそこに現れることもなかった。彼女はバクーの所在を気にした。すでに次の収容所へと連れて行かれただろうかとも案じたが、彼の話ではその心配はないはずだった。

脚をわるくしていたバクーは、普通の男性囚とはちがい重労働が課せられてはおらず、障害を抱える他の者たちとともにもうすこし単純な、しかし不衛生で不快な作業を割り当てられていた。たとえば屋外に建てられたトイレの穴からあふれかえった排泄物を汲み取り収容所の外へと捨てに行くといった、日常の延長線上にある雑務を。場外に出られる機会を得られるからといって、彼らがよろこぶことはない。なにしろからだの不自由さゆえに脱走の可能性はなく、兵士たちもそれをわかって彼らにその仕事を当てがっていた。

農場での労働の合間、つかの間の昼休みに、モモはバクーの囚人グループが働いている現場へ行った。その日、一団がやっていたのは場内で生じた死体の処理で、何人かはそれを埋めるための穴を掘り、別の何人かはまだ使えそうな服や装備を剝ぎ取っていた。

案の定、バクーの姿はなかったので、だれかこの中に彼の所在を知っている者はいないかと訊ねた。痩せ細った囚人たちは顔を見合わせ、わかりやすく困惑していた。彼女がなおも問いただすと、もっとも気の弱そうなひとりがおずおずと北を指さした。

「あっちにいる」と彼は小さな声でいった。「だけど無事とは思えない。あそこに放り出される前には何日も拷問を受けていたみたいだから」

囚人が指し示した先は敷地の片隅、背の低い植物がまばらに生えた場所だった。有刺鉄線付きの高いフェンスが成す角には運搬された土砂の小山があり、手前には歪な形状の木材や錆だらけの金属板といった建設資材の残骸が置かれていた。そしてその隙間に、それ自体もまた廃材であるかのような具合で、赤茶に変色した作業着に包まれたバクーが横たわっていた。傍にある彼の杖は真っ二つに折られていた。

モモはバクーを見つけるなり、駆け寄ってそのからだを抱え起こそうとした。だが彼の重い上体はびくともせず、触れた腕や背から尋常でない熱が滲むのを感じるばかりだった。顔は膨れ上がり、額から鼻にかけては深く鋭い裂け傷ができていた。刃物で切りつけられたというより、金属片が皮膚と肉を裂いたように見えた。兵士が鞭代わりに使ったベルトのバックルがめり込んだのかもしれない。

「バクー、ねえ。バクー」彼女は震える彼の頬を叩き、名を呼びかけた。やがてバクーは目を開いたが、瞳に輝きはなくうつろなままで、自分がどこにいるのか、目の前にいるのがだれなのか、すぐには理解しないようだった。

「私よ」とモモはいった。「……いったいなんでこんなことに……」

ようやく状況を認識すると、彼はほとんど指の動かなくなった手を彼女の手に重ねて「盗みに失敗してな」と呟いた。彼がそういったとわかったのは、唇がそんなふうに動いたからで、声が明瞭に聞こえたからではなかった。彼はその後も懸命になにかを伝えようとしていたけれど、まもなく目も口も閉じてしまった。

彼をどこかへ運ぼうとしたが、すでに手遅れだった。

警備兵の怒号が聞こえ、彼女はバクーから離れた。


夜。モモは人目を忍んでふたたびバクーが横たわっていた場所へ向かった。

そこに彼の姿はなかった。折れた杖さえ消えていた。彼が居たはずの場所には土がからだのかたちに沿って沈んだ跡があるだけだった。足元の草が外灯に照らされて夜の風に揺れていた。

バクーはもう死んでしまったのだとその瞬間の彼女にはわかった。自分は明日も彼を捜すが、決して見つかることはないだろう。彼女は地面の、昼にはバクーがいた土の窪みに靴の先を這わせ、最後に彼を感じ取ろうとした。そうして、彼が遂げられなかったことを遂げる決意を固めたあとで、夜の薄暗い片隅を離れた。

翌日の天気について〈曇りのち雷雨〉の予報が出たのは、バクーが消えてから十日後のこと。

宿舎倉庫の壁をなす板材の隙間、小太りの兵士との連絡用に郵便受けの代わりとして使っていた場所に、モモは〈明日〉とだけ書いた紙を差し込んだ。

8

脱走決行の日の夕。予報通り天気は大きく崩れた。

雷が鳴ってから大粒の雨が落ちるまでは一瞬だった。

あたり一帯は煙り、地はぬかるみ、歩くたび長靴は沈んで、引き抜けばそこここに泥が跳ねた。警備兵は整列の号令をかけたが、激しい雷雨はその声を通しづらくしていた。囚人たちが駆け足で隊列を組むさなか、モモとエリサはゆっくりその場を後ずさり、警備兵の声が十分に遠くなったあとでは走って一団から離れた。一度も振り返らなかった。

遠くでだれかが怒鳴っているような気がした。それがほんとうに怒鳴り声かはわからない。激しい雨のせいで多くの音がかき消されている。ふたりは夢中で走った。まもなく銃声のようなものが耳に届いた。威嚇射撃か、こちらに向けて撃ったのか。

エリサがパンの入った袋を、モモがバクーのザックを、それぞれ地面から取り出す予定だった。モモは成功した。エリサも取り出してはいたが、雨に濡れた荷は抱えて逃げるには重すぎたらしく、最後には放り出すことを選んでいた。

森も集落もない地域が続いた。激しい雨だけがふたりを匿っていた。収容所での生活ですっかり疲弊していたが、それでも足を止めることはなかった。どうか追ってこないで、とモモは願った。どうせ数日後にはこの界隈で飢えて行き斃れてる、それを回収したらいい話じゃないか。こんな雨の日に熱心に追跡するなんてばかげてる、兵士たちにはそう感じていてほしい。

故郷に帰りたい、その一心ではじめた逃亡だったが、いまの彼女を駆り立てるのは恐怖だった。捕まったら殺される。その最悪の事態を免れるためになら、肢体がばらばらになるまで走り続ける覚悟でいた。

雨が止んだころにはすっかりからだが重くなっていたが、それは疲労のせいであり、分厚い着衣が雨と汗で濡れてしまったせいでもある。周囲から音が退くとふたりは徐々に走る速度を緩め、やがて歩いた。消耗のあまり、モモはすぐにでもザックを放り出して倒れこみたかった。エリサも朦朧としていた。彼女の呼吸は途切れ途切れで、いくつもの固い結び目のある長い紐を飲み込んでいるみたいに苦しげだった。

モモはとうとう歩くのに耐えられなくなって立ち止まり、膝に両手をついて、激しいめまいが通り過ぎるのを待った。目を閉じて生まれた暗闇の中を、赤と黄の閃光が走った。それは山並みに沈む太陽のように、一瞬だけ眩い輝きを放って消えてしまった。光線の残像の上を、停止する列車の車輪が立てるのに似た甲高い音が繰り返し駆け抜けていった。次に訪れたのはからだにあたたかく湿り気のある物体が巻きつく感覚だが、それは錯覚ではなく現実だった。エリサの腕がからだを抱いていた。大丈夫かと訊かれ、モモはうなずいた。

それからふたりは一時間から二時間歩いた。

ようやく前方に人影らしきものが見えてきた。

そこはたしかに小太りの兵士が待ち伏せをしているはずの場所だった。

9

小太りの兵士はすでに到着していた。モモが事前に頼んでおいた水や食糧はどこにも見当たらなかった。彼が持っているのは銃だけで、ゆえに目論見は明白だった。ここにいるふたりともを殺すつもりなのだ。明日にでもパトロール用の車両でここを訪れ、死体を回収してゲートに吊るす。脱走囚をふたり捕まえた功績により彼は厚く報いられる。だが殺すにせよ、自分たちを利用し尽くしてからの肚であるはずだ。相手の下卑た考えはわかりきっていた。彼の許に着く前に、モモとエリサは地面の泥水を啜った。渇きが癒えたあとには、その茶色い水を水筒に汲んだ。

ふたりが近づくと、兵士はまずエリサに銃口を向けた。「服を脱げ。いますぐに」そして直後にはモモにも同じようにやった。「おまえもだ。武器を隠している恐れがある」

だがふたりのどちらも服を脱がなかった。

「もう手遅れなの」とモモはいった。「あなたは報奨をもらえない。それどころか、あの収容所に帰ることはできない」

「おまえはいったい、なにをいってる」

「密告の手紙をいくつも残してきた」

密告。

その言葉を聞くや、銃を握る彼の右腕は意気消沈した犬の尾のようにゆっくり下がった。

「あなたが私たちに便宜を図り、あの収容所からの脱出に協力したこと。そしてその死体を持ち帰ることで報奨を騙し取ろうとしていること。いまごろお偉方は手紙を読んでたちとともに行くという選択肢だけ」

いることでしょう。もうわかるわよね。戻れなくなったあなたに残されているのは、私

願わくばこの男が、パトロール用の車両か荷車付きの自転車で、ここにたどり着いていることが理想だった。死体を運ぶ必要を考えれば十分にありえたはずだ。だがこの男は徒歩でやってきていた。脱走の道具を囚人に与えてしまう可能性を案じるほど気の回る人間には見えなかったので、単にそれらを手配できる立場にはなかっただけかもしれない。

「……ふざけるな。でまかせはやめろ」小太りの兵士は事情を理解せず、モモがいっていることを認めようともしなかった。混乱のあとに彼を支配したのは怒りだ。ただでさえ赤い顔はさらに紅潮し、口は弓なりになった。「おかしなことをいうんじゃない。いますぐぶち殺してもいいんだぞ!」

彼は銃を握ったままの右手でモモの顔を殴った。頬の痛みそのものよりも彼女が気にしたのは、興奮する彼が怒りに任せて引き金を引いてしまうかもしれないこと。実際、彼は自制を失いかけているように見えた。

「陥れたことは謝ります。しかし、どうか冷静になって」兵士を宥《なだ》めるべく、傍からエリサが語りかけた。「この脱走はあなたにも利のあることなのです。あなたがた警備兵はたしかにわたしたち囚人を支配する立場ではありますが、よく考えてみてもください。

あなたがたもまたこの地に閉じ込められ、労働に終始させられている、いわば国の生産の歯車になっているわけで、その点では我々のような囚人と大差ないのです。不自由を感じているからこそ、特別休暇の報奨を得たいがあまり囚人に唆され、偽りの計画に飛びつく兵士も現れる。現在のあなたのように」

「黙れ」と小太りの兵士はいった。「いますぐ跪《ひざまず》け。もう一言も喋るな」

彼は銃の引き金に指をかけた。エリサは臆さなかった。

「来たる戦争がもたらすであろう混乱の情勢下において、国がとことんまで追い詰められた際、収容所の囚人たちが生かされたままだとお思いですか。まさか。管理に手をかけられず、国に相容れぬ思想で秩序を乱しかねない政治囚や、至極危険な刑事囚を野放しにするリスクを負うことになるとあっては、収容所の運営が困難になる前に抹殺することを選ぶに決まっています。しかしそうなったら、それまで囚人たちが担っていた労働はいったいだれが担うことになるでしょう。そしてそれを拒めば、拒んだ者たちはどうなってしまうでしょう」

「……」

「都市部の青年同盟員たちと同じですよ。組織の末端から順に切り捨てられ、かつて彼らが捕えていた側の人間と同じ仕打ちをいずれ受けるようになる。この国の暗い未来を見通せば、いつまでもあそこに留まることが一介の兵士たるあなたにとっての良策とはいえない」

「……この法螺《ほら》吹き女め」彼はいった。「そんな戯言《たわごと》、だれが信じるか」

「あそこを脱することには、わたしたちだけでなしに、あなたの利益にもなる。それはまちがいありません。ですから同じ目的を持つもの同士、道中ちからを合わせませんか」エリサはいった。「わたしたちは丸腰です。ですから、男のひとが近くにいるだけでこころ強く思える。おまけに若い女でもある。あなたにとってわるい話ではないと思うのですが」

小太りの兵士が悩むあいだ、いびきのような耳障りな音が立った。

彼は、最後にはふたりが望んだ通りの結論を出した。

10

そこから先は簡単だった。

その日の野営時。モモは小太りの兵士を誘惑し、ズボンを下ろすよう促して武装解除した。

物陰から現れたエリサが銃を手にしたとき、彼はすべてを悟ったように見えた。女たちを食い物にできないどころか、これから自分が食い物にされるのだ、と。

エリサは兵士の両手を彼のズボンを裂いて作った布で硬く縛った。彼女は念のため、足の指の何本かをその辺の石で潰した。彼は泣き叫んでいた。

極寒地での逃亡における食糧問題を解決するために必要だったもの。それは、ある程度は自分の足で移動する食糧だった。ふたりは〈歩く肉〉を手に入れた。体力と機敏さとが求められる収容所からの脱走において、同伴者の人肉摂取は理にかなった手段となりえた。


小太りの兵士を無抵抗にする過程において、攻撃的だったのはエリサだった。モモは彼女が彼を痛めつける様子を、どちらかといえば冷ややかに見ていた。だがすこし時間が経つと、銃の威力を後ろ盾に、モモのほうが彼に危害を加えるようになった。彼女は手足を縛られ身動きの取れなくなった兵士めがけて手当り次第に石を投げつけた。兵士は痛みを堪えて礫の雨をやり過ごしていたが、それでも頭に直撃したりすると短い呻き声を漏らした。まだ足りない、とモモは思っていた。もっと苦しむべきだ。

度を超えた暴力を見かねたエリサが、犬や猫を躾けるときのような口調で「やめなさい」といった。だがモモはエリサの言葉には耳を傾けずに石を探した。彼女が欲しているのは小さな勝利だった。この男にすこしでも多く惨めな想いをさせないことには、自分がここに至るまでに失った時間や友情や愛情を取り戻せないと感じていた。しかし、いくら惨めな想いをさせたところで、取り戻せないことも頭ではわかっていた。だからこそ石を投げるのだ。怒りと悔しさ。それだけが石を投げるほんとうの理由だ。

最後にはエリサによって羽交い締めにされた。「もうやめて！」

相棒の声が耳元で響くと急速にこころが冷めて、モモは石を握った両手を下ろした。なんだかばかみたいだ、と彼女は思った。自分ではなくエリサが。こんなことで怒鳴ったりするなんて。

左手に握られていた石が放り出されるのを見たエリサは腕を解いたが、直後にモモは右手を振りあげ、兵士の顔面に石の強烈な一撃を見舞った。

「いいかげんにして！」エリサがまた怒鳴った。「すこし頭を冷やして！」

叱られたモモは、エリサたちから離れて薄暗い場所を散歩した。彼女は朽ちて枝もほとんど落ちてしまった木を見つけると、そこに座って幹に背をもたせかけた。冷静さを取り戻したころ、これまでは興奮のあまり気づかなかった身を切る寒さにからだを縮めた。

こころが落ち着くと、エリサに対して申し訳ないという感情が芽生えはじめた。自分がなんであんなことをしたか、いまとなってはわからない。あの瞬間にはああすることだけが正しいと思えた。モモは幹にもたれたまま目を閉じて、本来の目的とその達成の

ための手段を頭に思い描こうとしたが、集中は長く続かなかった。あれこれ雑多な着想

が傾《なだ》れ込んでくるせいだ。故郷に帰れるかもしれないという小さな希望を手にしたこと、

体制への抵抗という取るに足らない勝利を手にしたことが、いつまでも気を昂らせてい

た。

冷たい風にすくない葉が揺れる音を聞きながら、モモは遠い地を想像した。たとえば椰子のある南国を。母が集めていた本にはそういう国についての描写があった。幼少期、姉とともに寝台でそれを読んでは枕元の地図に写されていない部分に想いを馳せた。遠い国。それが実在するのかどうかは知らない。本の中にのみ存在する虚構かもしれない。だがどちらでもいい。この現実から逃れるための場所ならなんだって。たとえ実際に存在したとして、そこにたどり着けるわけでもないのだから。

目を閉じたモモは、かつて覗き込んだ南国の世界へと飛び立とうとした。次の瞬間、彼女は姉や弟と並び白い砂の上に脚を投げ出して、熱い陽が肌を焼くのをたのしんでいた。透き通る水が砂浜と足の指先をやさしく洗った。陽を反射する水面は砕け散ったガラスみたいにきらきら光り、水平線に立つ波は乾きたてのシーツのように柔らかに縒《よ》れた。頭の上では大きな実を実らせた椰子が、荒い海をゆく船のマストに似た、ぎしぎしいう音を立てる。そのもったりとした葉が揺れるたび、姉と弟の顔が白くなったり黒くなったりする。どちらも痩せてはいない顔だ。

モモはその想像に浸った。架空の国にいるあいだは現実の寒さとひもじさとを忘れることができた。いつまでもこうしていたい、と彼女は思った。だがいつまでもこうしていてはここで死ぬだけ。

目を開いた場所には海も砂浜も椰子もなくて、姉も弟もいなくて、彼女は肩をすくめた。とはいえそれは、立ち上がれないほどの失望というわけでもなかった。もっとひどい失望はこれまでに何度も経験している。

地に手をついたとき、指先が濡れていることに気がついた。血だ。血が流れている。兵士に石を投げつけたときに切ったにちがいない。

モモは指を舐めながら、月明かりの照らす遠い山並みを望んだ。それは沖に立つ波のように滑らかではなかったし、散らばった玻璃《はり》のような輝きもなかった。ただうっすら、闇に浮いているだけ。

だが、それを見つめるうちに彼女の胸は震えだす。

その灰色の控えめな光が、遥か離れた地に生きた姉に代わり、自分に語りかけているように感じられて。

〈J〉

1

　姉と自分との関係が微妙におかしくなったのはいつからか。正確に思い出すことはできない。ただ、すべてのはじまりは嫉妬と劣等感であったと記憶している。姉のアンナは親切で器量好しの少女であり、比較の対象となる自分はときに惨めな想いをした。周囲は直接にはなにもいわない。だが沈黙に慣れたこの国の民は他者のこころの声を聞く。モモは無音の伝達の中に自分への蔑みを捉えるたび、傷つき、こころを硬くしていった。性格がねじくれたのは、部分的には姉のせいだと彼女は信じていた。姉への反発の結果として自身には利己的な性質が宿ったのだ、と。

　けれどモモを複雑にしたのは、姉は拗ねた妹にさえ常にやさしかったということ。いつだか柵の扉を閉め忘れて家畜を逃がしかけた日、父に怒られる自分を姉が庇《かば》ってくれたことを彼女は憶えている。お父さん、モモを叱るのはやめて。わたしがわるいのよ。わたしが余計なことを頼んだせいで、モモの注意がおろそかになったの。

罰として雄牛の世話をいい渡されたとき、アンナはなにもいわずに手を貸してくれた。ふたりは黙って白と茶の混じった毛並みにブラシを当てた。そのときの姉は微かな笑みを浮かべていた。板を継いだ天井の隙間から注ぐまっさらな陽が、牛の大きな背に眩い光の曲線を描いていた。

2

小太りの兵士はズボンを穿《は》いていなかったため、常に寒い痛いと文句をいっていた。モモとエリサは取り合わなかったが、それでも彼が黙らずにいると最後にはエリサが、じきに寒さも感じずに済むようになる、といった。

夜は交代で眠り、さらに何日か歩き続けた。バクーがザックの中に入れておいてくれたわずかな保存食、道中でかき集めた木の実や草、すべてが底をつくのも時間の問題だった。

そうしていよいよ〈歩く肉〉を殺すときはやってきた。

ある日の夕暮れ。なだらかな丘を下った場所でエリサが背から銃を取り出した。小太りの兵士は地面に顔を擦り付けて命乞いをした。

頼む！　殺さないでくれ！　なんでもするから！

銃口が顔に向くと彼はいっそう取り乱した。あたり一帯に轟く泣き声。しかしこの地には人間はおろか動物すらおらず、第三者に介入される恐れは皆無だった。

兵士はその後も彼女から同情を引き出そうとして、妻子がいるだとか、母が病床に伏しているだとかいう身の上話をした。それはあまりに下手な嘘で、もちろんエリサの指が引き金から離れることはなかった。

だが結局、エリサは彼を撃たなかった。モモが止めたからだ。彼女は銃を握る相棒の手に自分の手を重ね、殺さなくていい、といった。それから、泣き喚く兵士の胸ポケットから地図を抜き取り、来た道を振り返らせ、二度と私たちに関わらないでと告げて背を押し出した。彼はまず前のめりに倒れた。そして立ち上がったあとには、橙と藍の混じった北の空に向かって、足の指を庇いながら駆けていった。

これで食糧がなくなってしまった、とエリサはいった。

3

それからふたりはしばらく歩き、だんだん早足になって、最後には走った。どちらが走ろうといったわけでもなかった。駆け出したのは自分が先であったかもしれない。ただ、エリサが先に走り出したのだとしてもその理由はわかる気がした。解放したあの男が武器を持って追いかけてくる可能性が、幸運にも近くを巡回していた兵士の一団と合流し、追手をこちらへと差し向けている恐れが、なくはなかったのだから。

空腹と疲労とが相まって、長く走り続けることはできなかった。やがてふたりは、ぜいぜい息を吐きながら仰向けに倒れた。

割れた雲の隙間からは、藍に微かな金が混じった、輝かしくも冷たい色をした空が覗いていた。その独特の色味の空は見つめる者に、炎を前にして得ることができるのに似た、安らぎと注意深さとを与えた。身の回りのどんな変化にも鋭敏になれる注意深さを。モモは自分の胸が上下する様を注視し、風が耳朶《じだ》に吹き溜まる音を聞き、相棒の呼吸が次第に規則的なものへと収束していく過程を捉えた。ふくらはぎは粗い小石の混じった粘土でまわりを固められたかのように窮屈で、足は火を失った風呂に浸けたまま一夜を越しでもしたみたいに冷たく濡れていた。こんな具合に、からだは頼りない骨にぼろの肉を纏いどうにか機能しているという有様だというのに、この瞬間の彼女には幸福を感じることができた。指先が自分の意思に応じて動くのを確認するだけで、生の感覚が瑞々しく全身を駆け抜けていった。

この高鳴りを胸に抱き続けたい。

両手を胸に置いた格好で彼女は思った。

藍と金の入り混じる空の美しさは、逃亡を無謀といい切ったミハイルすら感服させるだろう。勇気と怒り、痛みと惨めさの先にあったのは、故郷のあの地で手に入れる青年同盟員の身分より、そしてその身分が入手を可能にするどんなものより、ずっと価値ある感情だったのだから。

弟のオルセイにもこういう気分を味わわせてやりたかった。彼をあの地に縛り付けることになった父との約束がなければ、あるいはそれは叶ったことであったかもしれない。だが弟の決断と選択とを責める気にはならない。故郷を捨てようとした自分さえ、結局は捨てることはできなかった。

この先、あの村に帰れる保証はどこにもない。よしんば運良く帰還を果たしたとして、殺されるだけかもしれない。だからといって、この挑戦は決してむだではなかったといい切れる気がした。すばらしい感情と感動とを手にしたのだから。そういうものは生きる上で無意味だと切り捨てる者もあるだろう。しかしそういうものに価値を与えないのなら、生存の意味はきっとすくない。それが長い逃亡を通じて彼女が得た教訓だった。逃亡の挑戦の末に同じ場所にたどり着くことを笑うのは、いずれ死ぬのにつらい現在を生きるのを笑うのと同じだ。モモは弟にそれを伝えたかった。病のせいでどのみち長くは生きられなかったにせよ、励ましを与えることはできたはずだ。

もしくは自分は、弟ではないひとにこそ、伝えるべきなのだろう。そう。ペンと紙とを使って。冷たい空気を吸い込みながらモモは思った。この瞬間の彼女には創作衝動の扱い方がわかったような気がしていた。どんなふうに描写し、どんなふうに物事をつなぎ合わせ、どんなものを排除してどんなものを残すのかを。そもそもどんなことを語るのかも。いずれ創作を広く発表したいというかつての願望が、故郷の家の雨漏りする天井の染みみたいに広がっていった。名声や金のためではない。もっといってしまえば、この国の見知らぬだれかのためでさえない。いつか姉や父がそこを覗き込んでくれることだけを信じて。またはユーリやグラヴが読んでくれるかもしれないという期待を抱きながら。そして、そういう個人的なたのしみの先に、偶発的に見知らぬだれかの人生を救うことがあったらなおいい。

先に立ち上がったのはエリサだった。彼女はモモに手を伸ばして「さあ。行きましょう。じきに日が暮れてしまう」といった。モモは相棒の手を摑んで立ち上がった。それから着衣についた砂を払い、ザックを担いで、美しさの終わりかけた空の下を歩いた。

4

夜。ふたりは窪地を見つけ、そこで野営することにした。森に近い場所では苔《こけ》をたくさん集めることができたが、そこでは集まらなかった。柔らかい寝床を作るためにからだの下に苔を敷くといいというのはバクーから授かった知恵のひとつだ。あるいは唐松の木が近くにあれば、その枝を積むことによって簡易な寝床が準備できる。しかし、そういうのが手に入らない場所では、手近なものでうまくやるしかない。

凍え死ぬほど寒くはなかったが、それでもこころを休めるには暖が必要だった。北部の極寒地においては凍死がもっとも悲惨な死に方とされている。凍え死ぬ肉体について考えるとき、モモの頭を決まって過るのはいつだかの男性囚が教えてくれた「天使の囁き」の話だ。自らの吐く息の中で氷の結晶がぶつかり合って立つ小さな音。それが、かちかち、なのか、みしみし、なのかは知らない。ともあれ彼女はそれを聞いてみたいと思った。囁きの民たちが、天使の囁きを耳にしながらこの世を去るというのは、命の終わり方として美しい。だが、凍死の現実はそのような幻想とは相容れぬものであることも聞かされている。最後には服を脱いで裸になるとか。大部分の機能を停止したからだに心臓が最後のちからで押し出す血液が滾るせいだ。焼け付く熱気が訪れ、ひどい寒さの真只中にいるにも関わらず服を身から取る。まるでにんにくみたいだと彼女は思った。命の皮を一枚一枚剝いでは捨てていくうち、最後には本体が失われる。

ふたりは枝や草を集め、火口で火を熾した。エリサは風が火種を吹き消してしまわないよう丁寧に火を大きくしていった。炎に両手を翳しながらモモは故郷を出た日のミハイルの家のストーブを思い出した。夜空では星が瞬いていた。星は、囁きの国の頭上で、なにかを囁いているように見えた。

小太りの兵士から取り上げた地図は、女性囚が作成したものよりは多く書き込みが為されていたが、実際に自分たちが通った道や周囲の地形と照合したところ、それもたいして正確でないとわかった。

軍のような巨大な組織においては、機密の漏洩を防ぐため意図的に大胆な改変を施した地図を実働部隊に配ることがある。ゆえにそれを利用する際には留意すべし。列車での脱走に失敗した金髪の女性囚が与えてくれていた助言のひとつだった。よくよく考えれば、管理する側が管理される側の兵士たちに正確な地図を手にさせる利点は多くはない。囚人に金や性で支払わせて地域情報を漏らすかもしれないし、兵士自体が逃げ出すかもしれない。

小太りの兵士はまだ生きているだろうか。炎に煽られて橙に染まる指先を擂り合わせながらモモは思った。死んでいたとしても胸は痛まない。自分たちの手で殺すには忍びなかったというだけだ。

彼女はその地図を炎の中に放り入れた。地図を頼りに行きやすい経路を行くというのは、彼らが探しやすい場所へ導かれることと同義だ。

地図は燃えた。あかあかと輝く火の中で紙がそのかたちをゆっくりと崩す様は、底なし沼に嵌まった人間の伸ばす手が、なにをも掴まずからだごと沈んでいく画を思わせた。

「逃亡の際に〈歩く肉〉を利用するのは前例のある手段です」

エリサは火を見つめて語り出した。彼女もまた、逃した兵士について考えていたかもしれない。このように腹を空かせていたら、失った食糧について考えるのは自然なことだ。

「しかしわたしたちのように三人組でそれをやった場合、ひとりが消えたあとには不安が残ります。つまり、自分が相手にとっての次の肉になるのではないかという不安が。結果、夜に寝首を掻かれることを恐れてふたりとも眠れなくなり、疑心暗鬼ゆえの消耗が生じ、最後には睡魔に負けたほうが死ぬ。自業自得とはいえ、あんまりな終わり方だと思いませんか」

差し込んだ枝に含まれた水分が蒸発すると、マッチを擦ったような音が立った。煙は高く立ち上らずに消えた。火や煙のせいで見つかってしまうことは恐れなかった。鈍くなった思考は、細心の警戒より眼前の暖を選んだ。

「わたしだってばかじゃない。夫と再会できる見込みがほとんどないことくらいわかっています。だけど、自分がしたことを後悔はしません。あそこで使い捨てられるくらいなら、一歩でも夫に近づいて死んだほうがまし。すくなくとも信じた道を歩めたという実感は得られる」と彼女はいった。「監獄にいた時分、独房に入れられた期間があったといったでしょう? 独房って、気がおかしくなりそうな場所なんです。意識的になにかしてないと正気を保っていられないくらい。わたしは声が潰れるまで歌をうたい、それに飽きたあとにはひたすら歩き回った。狭い場所ですから、三歩も進めば壁です。なにをしていたかって、遠く離れた我が家に帰ろうとしたんです。歩幅を仮定し、歩数をかぞえることによって。故郷への長い道のり。暗闇の中のわたしはぬかるみの大地を歩き、小川で靴を濡らし、熱い太陽の下で干あがったりした。でも最後には、とうとう夫の下へとたどり着くことができた。彼、すこしも変わっていませんでした」

エリサはモモの顔を見て笑った。

「ばかげた話だと思っているでしょう? でも、わたしにとっては大真面目な想像だったんですよ」

この先、自分たちがどうなるかはわからない。

そう遠くない未来に脱走を試みたことを、小太りの兵士を逃したことを、悔いるかもしれない。

だが、すくなくともその瞬間のモモの裡に後悔はなかった。

すこし姉の近くにいけた気がした。

きょうの自分がきのうの自分より故郷に迫ったと感じることができた。


澄んだ空はしばらく雨を落とす気配がなかった。モモは星を望みながら、農村から都市に着いたばかりの時期を、ユーリとともに川岸から望んだ夜の街を想った。あの日、ひとつだけ消えた対岸の明かりが、長い時間を経てたったいま灯ったような気がした。なんの根拠もない虫の報せのようなもの。よもや点いていたとして、ここでは確かめようもない。だがもし灯っているのなら、それが自分に代わって、あの都市にいまなお生きているかもしれないユーリやグラウを、見守ってくれているといい。母や弟が空から自分を見守ってくれているように。

母親を失ったとき、モモは十歳だった。アンナは落ち込む妹弟を励まそうとして、お母さんは星になってわたしたちを見守ってくれている、といった。当時のモモに姉のやさしさを受け入れることはできなかった。あまりにもありふれたいい回しであったし、なにより星はだれにでも望める。自分たち姉弟だけのものという感じがしない。

ただ、姉が姉なりに拙《つたな》い表現で与えてくれようとした親切をいつまでもわすれることはない。大切な人々が遠い場所からこちらを見守っている、その着想にどれほど勇気づけられただろう。姉が教えてくれた家族の絆は、星に代わって自分を導く光の糸となり、煌々と輝きを放ちながら絶えず故郷より自分を手繰り寄せている。

母の亡骸の傍で姉が手を握ってくれたのはもう九年も前のことだ。

そのころのモモはまだ、からだの小さな少女だった。

〈エピローグ〉

めまいと意識混濁のせいで多くのことがわからなくなっていた。

収容所を出てからどれほどの時間が経過しただろう。

わからない。

わかるのは、いまいる場所が故郷からどれほど離れているかもわからないということだけだ。


足は細くなり、長靴はとうに破れ、穴から突き出した指は妙なかたちに丸まっていた。

それは瘤のように見えた。だが痛みは感じなかったし、血が流れてもいなかった。

それでモモは、いよいよ自分のからだがおかしくなってしまったのだと知った。

隣をゆくエリサから美貌は消え去っていた。

頬は削げ、目は落ち窪み、あれほど澄んでいた瞳は灰色に濁ってしまった。

収容所にいるあいだに入手した手製のコンパスは完全に壊れた。

針は箱の中で傾いたきり、ぴくりとも動かなくなった。

地図であった布は二日前に破いて食べた。

薄々気づいていたことであったが、それに書き込まれた情報はまるででたらめだった。

小川があるはずの場所に小川はなかったし、森があるはずの場所に森はなかった。

未開の地といわれた地図上の空白は実際にも空白だった。

一歩進むたび、次の一歩の無意味さを思わずにはいられなかった。

このわずかな歩みが自分に故郷を引き寄せているなどとは、とうてい考えられない。周囲には見渡す限りなにもなく、どこまでも見覚えのかけらもないような風景が続いている。

互いに言葉を交わすちからも残ってはいなかった。会話の代わりをするものは行動だ。どちらかが歩めばもう一方も歩む。どちらかが止まれば止まる。たったそれだけの単純な規則のもと、ふたりは一連の機械のように緩慢に動いた。

収容所で衛生のために剃られた髪は、片手で握れるくらいにはなっていた。いまさらなんの役にも立たない変化。にもかかわらず、入り乱れる思考の中で、どうしてか髪の毛のことは頭から離れなかった。

かつて畑であったと思しき荒廃した土地に差し掛かると、ふたりはなにもいわずに黙って土の中に手を突っ込み、食物の残骸が残っていないか探った。運がよければ干からびたり腐ったりした芋類のかけらが手に入った。運がわるいと、虫さえ出てこなかった。懸命に土中を探ったが、例によって収穫はなかった。摑んだ土を口に含んではみたものの、やはり食べられたものではなくて、直後には吐き出した。濡れた土の塊が涎を引いて地面に落ちた。エリサのほうを見遣った。彼女も首を振っていた。なにもないということ。

それで、ふたりはその場に座り込んだ。動く意義を見出せなくなってしまった。

折りたたんだ左右の足の間に手を挟む格好で空を見上げた。青空には薄い雲がかかっていた。昼はあと何時間続くだろう。冷え込む夜がきょうも訪れるだろうか。

ふたりは南へ向いていた。故郷があるはずの方角だった。

陽の光をまともに顔に受けると周囲は白く霞み、向かうべき地がなお遠くに感じられた。

やがてその体勢を維持するのもつらくなり、前のめりに土の上に倒れた。

離れたところから同じ音がして、エリサもまた大地に伏したのだとわかった。

日中の土はあたたかかった。

このまま土に抱かれて眠りたいと思った。

進むのをあきらめて目を閉じていれば、すぐにでも迎えが訪れてくれそうな気がした。

地を掠める風は南から吹いていた。

昔はこんなふうに土の上に横になって、父や母が農作業を終えるのを待った。待つ時間があまりにも長いと、退屈から駄々をこね、そのたび父に怒鳴られた。母はといえば、年少のオルセイを気にかけるばかり。慰めてくれたのはいつも姉だ。

ほら。泣かないでモモ。お父さんたちが働いてくれるから、わたしたちは食べていけるのよ。

とうに涸れたと思っていた涙が瞳からあふれ、自分が泣いていることを知った。食いしばった歯と歯のあいだで土の粒が潰れた。

彼女はバクーから授かったザックを摑み、地面に細い腕を立てる。からだは悲鳴をあげた。もういい、とあらゆる部位が叫んでいた。それでも彼女は、南へ向かうことをあきらめられなかった。

わが故郷。あの地では姉が待っている。きっと父も帰ってくる。家族の戻るべき場所は、いつの日もあの家ただひとつなのだ。

モモが一歩を踏み出したとき、エリサも立ち上がった。

彼女も泣いていた。
ふたりは近づき、抱擁を交わし、背をさすり合った。
いいたいことはたくさんあった。
だがなにひとつ口にはしなかった。

互いのからだを離すと、ふたりはまた、南へ向けて歩きだした。

主要参考文献

『悲しみの収穫　ウクライナ大飢饉―スターリンの農業集団化と飢饉テロ』
ロバート・コンクエスト　白石治朗訳　恵雅堂出版　2007年

『20世紀ロシア農民史』
奥田央編　社会評論社　2006年

『グラーグ　ソ連集中収容所の歴史』
アン・アプルボーム　川上洸訳　白水社　2006年

『囁きと密告（上・下）　スターリン時代の家族の歴史』
オーランドー・ファイジズ　染谷徹訳　白水社　2011年

『亡命ロシア料理』
ピョートル・ワイリ、アレクサンドル・ゲニス　沼野充義・北川和美・守屋愛訳　未知谷　2014年

『我が足を信じて　極寒のシベリアを脱出、故国に生還した男の物語』
ヨーゼフ・マルティン・バウアー　平野純一訳　文芸社　2012年

本作品は二〇二〇年一一月、小社より刊行されました。
作中に登場する人物、団体名はすべて架空のものです。

双葉文庫

し-46-01

少女《しょうじょ》モモのながい逃亡《とうぼう》

2023年2月18日　第1刷発行

【著者】
清水杜氏彦《しみずとしひこ》

【発行者】
箕浦克史
【発行所】
株式会社双葉社
〒162-8540 東京都新宿区東五軒町3番28号
［電話］03-5261-4818（営業部）　03-5261-4831（編集部）
www.futabasha.co.jp（双葉社の書籍・コミックが買えます）
【印刷所】
大日本印刷株式会社
【製本所】
大日本印刷株式会社
【カバー印刷】
株式会社久栄社
【DTP】
株式会社ビーワークス

【フォーマット・デザイン】
日下潤一

ISBN978-4-575-52638-7 C0193
Printed in Japan